사랑은 사랑을 부른다

이토록 사랑이
쉬운 일이라면

가족은 무엇으로
자라는가

당신에게
흘러가는 사랑

결국 사랑이
우리를 알게 한다

Prologue

    사랑을 말하고 싶었다. 아끼고 소중하게 여기는 마음,
이해하고 돕는 마음, 좋아하고 그리워하는 마음 – 이 모든 마음
을 하나로 보듬어 안을 수 있는 말이 '사랑'이다. 우리는 보이지
않는다고 사랑을 의심하지 않는다. 어디에서 생겨나 어떻게 자
라는지 설명할 수는 없지만 그것이 한결같이 우리 안에 살아 있
고, 그래서 우리가 살아갈 수 있다는 것을, 결국은 사랑이 모든
것임을 우리는 알고 있다.

  마흔 살이 되던 해에 문득 일 년에 한 번쯤은 오롯이 나만의
시간을 가져보고 싶다는 생각이 들었다. 두 아이의 엄마, 한 남자
의 아내만이 아닌, '나'라는 사람으로 더 넓은 세상 한가운데 서
보고 싶었다. 일 년 동안 열심히 달려온 자신에게 주는 포상이라
여기며 인도 여행을 시작으로 방학만 되면 싱숭생숭 마음을 잡
지 못하고 집을 나서게 되었다. 가끔은 혼자만의 긴 여행이 미안
해서 큰딸과 라오스를, 둘째 아이와 캄보디아를 동행하기도 했
다. 유럽 배낭여행을 남편과 한 번, 두 아이와 또 한 번 다녀오기
는 했지만 티베트와 몽골, 태국 북부 등 오지 여행의 대부분은
여전히 혼자였다.

나에게 여행은 재충전의 시간이었고 위로의 시간이었다. 일상에서 한 발 떨어져 객관적인 눈으로 삶을 바라보며, 내면에서 들려오는 소리에 귀를 기울였다. 일상 밖으로 향한 걸음은 경험의 세계를 넓혀 주었고, 그렇게 얻은 에너지는 다시 살아갈 인생을 바라보는 시야의 폭과 깊이를 더해 주었다.

여행에 대한 관점과 판단은 사람마다 다르다. 특히 가족을 두고 혼자 떠나는 여행은 더 그렇다. 그럼에도 여행은 나를 사랑하는 방법 중 하나였고, 일상의 활력을 얻는 지혜로운 방법이 되어 주었다. 낯선 공간에서 보내는 시간은 설렘과 용기를 갖는 새로운 기회로 다가왔다. 나만의 공간이 된 여행지에서 마음껏 침묵했고, 고독히 성찰했다. 덕분에 뜨겁게 데워진 가슴을 안고 일상으로 돌아오게 되었다. 그 첫 번째 이야기가 '나'를 사랑하는 방법으로의 여행기다.

나를 사랑하고 오늘을 소중히 여기면 가장 가까운 사람들에게 영향을 미친다. 삶의 가치와 지향점을 일상에서 함께 풀어낼 사람들, 바로 가족이다. 두 번째 장에서는 꾸밈없는 소박한 일상에서 가까운 사람들과 나눌 수 있는 사랑 이야기를 담아 본다. 화려하지는 않지만 소소해서 더 소중한 하루를, 함께 사는 기쁨을 말하고 싶다. 인생은 결국 순간의 연속이니 함께하는 찰나의 순간이 얼마나 귀하고 소중한지 기록하고 싶다.

되돌아보면 사랑하며 사는 삶의 바탕이 되어준 것은 대가족 속에서 따뜻하게 사는 법을 일러 주신 부모님의 가르침이었다. 너나없이 어렵던 시절, 우물가 뜰 마루 놓여있던 뒷마당과 겨울 구들방 작은 담요 아래엔 넉넉하지 않지만 더할 나위 없던 팔 남매의 웃음이 있었다. 그렇게 추억 속에서 길어 올린 사랑 이야기와 부모님께 배운 삶의 지혜를 세 번째 장에 모았다.

마지막 이야기는 세상 속에서 넉넉한 마음과 깊은 이해로 사랑을 주고받으며 살아가는 삶의 가치를 나눈다. 사랑은, 사랑을 부른다. 나의 목소리가 당신의 대답을 불러오듯 사랑은 사랑을 불러낸다. 그렇다고 삶의 가시밭에서 고통을 없애 주는 요술을 부리지는 않는다. 다만 서로가 있기에 아픔을 받아들이는 용기와 어려움을 버텨내는 힘을 가지게 된다.

사랑이 데워놓은 세상의 온기가 잘 유지되도록 더운 입김 한번, 따스한 손길 한 번 함께 보탰으면 좋겠다.

맑지 않다고 더러운 것은 아니다. 탁한 황토

물이 오히려 더 순박하고 정겹다. 메콩강과

함께 흐르는 그들의 삶이 힘겨워 보이지만

결코 불행하지 않듯이.

이토록 사랑이
쉬운 일이라면

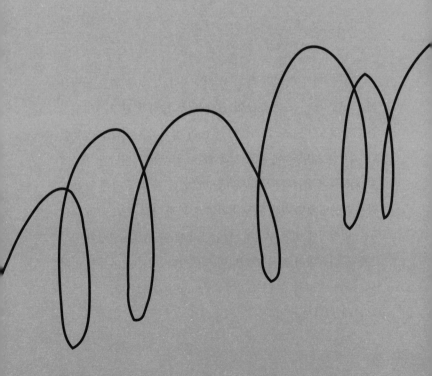

혼란 속에서 길을 찾다

배낭 하나 메고 인도로

마흔이 되던 해 겨울부터 시작된 알 수 없는 열병은 해를 바꾸며 더 가슴을 조여 왔다. 너무 숨차게 달려온 탓인지 한순간 몸도 마음도 가라앉아 우울의 늪에서 빠져나오지 못했다. 작은 호리병 속에 홀로 갇혀 있는 것 같았다. 답답한 마음에 고개를 들어 올려다본 하늘은 좁고 깜깜한 긴 대롱 끝에 있었고, 작은 흔들림에도 거센 요동이 일었다. 퍼져 나갈 곳도, 터져 나갈 곳도 없었기에 벽에 부딪혀 내내 병 속에 머물렀다. 열병이 심해질수록 마음마저 작은 호리병이 되어갔다. 비워낼 여유가 없어서 아무도 포용할 수 없었고 아무것도 담을 수 없었다.

'그래, 떠나보는 거다.'

낯선 곳에서 알 수 없는 이 열병을 다스려 보기로 했다. 오롯이 나만을 돌아보는 시간, 그 일탈의 시간에서 돌파구를 찾길 바랐다. 남편은 고맙게도 긴 여행을 흔쾌히 허락했다. 아직 엄마 손이 필요한 두 아이도 커다란 배낭을 짊어지고 집을 나서는 엄마를 미소로 배웅했다. 첫 배낭여행은 용기가 필요한 도전이었기에 두려웠지만, 한편으로는 스스로가 자랑스러워 뿌듯했다. 첫 여행지는 호기롭게 이십 대 때부터 막연히 꿈꿔 왔던 인도로 정했고, 캐리어가 아닌 배낭을 선택했다.

델리로 가는 비행기 안에서 언젠가 책에서 읽은 듯한 문장 하나가 내내 머릿속을 맴돌았다. '혼란 속에서 길을 찾다.' 그 말을 수없이 되뇌며 두려움도 없이 낯선 세상으로 향한 문을 열었다. 올드델리의 뒷골목에서 시간을 잊으리라. 갠지스 강가에 앉아 일출을 봐야지. 강가 화장터에서 삶과 죽음의 의미를 돌아보리라. 타지마할, 그 순백의 대리석이 뿜어내는 햇빛 속에 온 얼굴을 맡기리라. 그리고 그 에너지로 힘차게 일상으로 복귀하리라 다짐했다.

인천 공항을 출발한 지 아홉 시간여 만에 인도 뉴델리 국제공항에 도착했다. 처음으로 경험해 본 장거리 비행이라 온몸이 뒤틀렸지만 서둘러 공항을 벗어나 인도의 속살로 들어가고 싶었다. 요란한 소음과 낯선 냄새는 내가 머물던 자리가 아님을 온몸으로 느끼게 했다. 거리에는 버스와 릭샤들이 뒤엉켜 정신이 하나도 없었다. 첫 이틀은 단순하게 보냈다. 바라나시와 자이푸르, 그리고 타지마할의 도시 아그라를 여행한 후 다시 델리로 돌아와 며칠을 더 묵을 계획이었기 때문이다.

본격적으로 여행을 시작하며 추억이 될 것 같아 현지 가이드의 도움으로 팔뚝에 헤나 타투를 했다. 옥상에 의자 하나 덩그러니 놓고 앉은 할아버지에게 왼쪽 소매를 걷어붙이고 팔뚝을 내밀었다. 식물에서 추출한 헤나 염료 타투는 대략 보름 정도 유지된다고 했다. 귀국할 즈음이면 없어지리라 생각해 화려한 문양을 부탁했다. 어깨부터 팔꿈치까지 진한 갈색 곡선들이 새겨졌다. 화려한 인도 같은 레이스 문양이 아주 마음에 들었다. 둘째 날에는 뉴델리의 랜드마크라 불리는 쿠트브 미나르 유적지를 둘러보고 시내를 거닐며 하루를 보냈다. 그리고 델리 여행에서 꼭 가봐야 하는 여행지로 꼽히는 로터스 템플, 일명 연꽃 사원도 잊지 않았다. 눈부신 대리석으로 만들어진 연꽃이 연못 위에 떠 있는 형상이 정말 아름답고 오묘했다. 건축물로서의 볼거리뿐 아니라 모든 종교의 근원은 하나라는 바하이교의 가르침에 따라 기도 시간이 되면 각자 자신이 믿는 신에게 기도하는 모습도 신선했다.

가끔은 종교만큼 독선적이고 배타적인 게 있을까 싶을 때도 있었다. 역사적으로 종교적 신념이 빌미가 된 전쟁은 수없이 많았고, 지금도 세계 곳곳에서 종교적 분쟁과 다툼은 치열하고 극단적으로 일어나고 있다. 내가 믿는 종교만이 구원의 통로이며 절대적인 진리라는 독선적 우월감 때문에 다른 종교를 비난하고 배척하기도 한다. 하지만 이곳에서는, 섬기는 신과 가르침은 다르더라도 서로의 종교를 이해하고 존중하며 포용하는 너그러움이 있었다. 연꽃 봉오리 안에 들어선 듯한 내부에는 탁 트인 공간에 긴 의자들만 둥글게 놓여있을 뿐, 십자가나 불상과 같은 종교적인 상징물이 없다는 점도 각자의 방식으로 사색하고 기도하여 위안을 찾도록 배려하는 느낌이었다.

40도에 육박하는 뜨거운 햇살과 갑작스런 소나기를 온몸으로 맞으며 보낸 이틀을 정리할 여유도 없이, 인도의 참모습을 볼 수 있다는 바라나시로 향하는 기차 안에서 셋째 날을 맞았다. 천장에 코가 닿을 듯한 세 칸짜리 침대 꼭대기에서 단잠을 자고 일어나 오랜 인도인처럼 짜이* 한 잔으로 아침을 시작했다.

마침내 도착한 바라나시는 힌두교의 최대 성지로, 힌두교도에게 성스러운 젖줄이라 불리는 갠지스 강변에 자리 잡고 있다. 그들이 몸을 담그고 신성한 물을 마시기 위해 항상 북적댄다는 그

---

* 홍차에 설탕과 우유, 향신료를 넣고 끓인 인도식 밀크티

곳, 갠지스 강가에서 그들의 절실함을 엿보며 바라나시 여행 첫 날의 대부분을 보냈다. 도시를 가로지르며 흐르는 강은 사람들로 붐볐다. 시바 신의 도움으로 천계(天界)의 강이 지상으로 내려와 흐른다는 전설을 믿는 힌두교도들은 그 강이 정화의 힘을 갖고 있어서 강물에 몸을 씻으면 죄를 용서받게 되고 불길한 일과 질병 등을 없앨 수 있다고 믿는다.

강가 옆 계단에 소의 사체가 썩고 있고, 강물에는 온갖 배설물과 옆 화장터에서 쏟아내는 불탄 시신 조각들이 부유(浮遊)하고 있었다. 그 강물에서 윗옷을 벗은 남자들이 천천히 몸을 씻으며 경건한 의식을 거행하는 듯했다. 무심한 얼굴의 여자가 푸른 채소 한 움큼을 들고 와 그 물에 씻어 갔다. 같은 물로 목욕을 하고 빨래를 하고 먹거리를 씻는 그들, 그 물을 떠다 마시기도 하고 요리도 한단다. '나의 눈으로 그들을 보지 말아야지, 판단하지 말아야지.' 수없이 타이르지만 나도 어쩔 수 없는 이방인이었다.

며칠간의 폭우로 강은 가트†까지 삼킨 채 온통 흙빛으로 넘실대고 있었다. 나는 저렇게 시원스럽고 힘차게 흘러본 적이 있었던가. 넋을 잃고 앉아 있는 이방인에게 물결은 말했다. '어차피 흘러가야 하는 길인데 무슨 두려움이 있고 주저함이 있을까. 나

† 강가와 맞닿아 있는 계단. 종교 의식과 문화 활동이 이루어지는 중요한 공간

는 나의 길을 갈 뿐인데.'라고. 그 목소리는 낮고 강렬했다.

강가 바로 옆 화장터에서는 네 무더기의 장작불이 타오르고 있었다. 장작더미 밖으로 빠져나온 시신의 팔을 불길 속으로 밀어 넣는 화장터 일꾼의 얼굴도, 둘러선 채 쳐다보는 사람들의 얼굴도 슬퍼 보이지를 않았다. 그저 냉랭하고 담담했다. 이방인의 눈으로는 이해하기 어려운 광경이다. 옥상 같은 휑한 곳에서 한 도막의 장작처럼 시신을 끼워 넣어 화장(火葬)하고 검게 탄 시신의 잔해를 그대로 강으로 쓸어낸다니, 사랑하는 이를 배웅하는 자리라 하기엔 너무 서글프고 어설퍼 보이기만 했다.

어쩌면 그들에게 죽음이란 슬픈 이별만은 아닌가 보다. 이승에서 자신의 카르마[Karma, 업(業)]를 다한 사람만이 갈 수 있는 천계의 강으로 흘러 들어가 불멸의 삶으로 거듭난다고 생각하기 때문일까. 뜨거운 햇살 아래 타오르는 장작불을 보며 삶과 연결된 죽음을 생각해 보았다. 죽음은 삶과 늘 동행하는 또 하나의 얼굴이며 마지막 뒷모습이다. 죽음이 두렵다면 삶도 두려워할 줄 알아야 하고, 뜨겁게 껴안을 줄도 알아야 한다.

일출을 보고 돌아오는 길에도, 저녁 뿌자(예배)를 보는 자리에서도 구걸하는 아이들을 만났다. 바라나시역에서 본 장면들이 겹쳐 떠올랐다. 대합실 맨바닥에 눕혀 있던 갓난아기, 그 얼굴에 새까맣게 붙은 파리들. 생명이 그저 사랑스럽고 아름다운 것만은 아니라 오히려 참 질기고도 독한 것이란 생각이 들었다.

신발도 신지 않은 채 몸만 겨우 가린 커다란 눈들이 배고픈 손을 내밀었다. 그 선한 눈빛에 되묻고 싶었다. 삶 자체가 종교이기 때문에 종교라는 말이 없었다는 그대들의 나라에, 사람보다 많다는 그대들의 신은 모두 무엇을 하고 있는가. 한 번도 생각해 본 적 없는 그들의 신이 원망스럽기만 했다. 물론 그들이 불행해 보인다는 생각 역시 겉만 훑고 지나가는 이방인의 생각일 뿐이지만 말이다.

이방인 신분으로 낯선 문화 속에서 지낸 열흘은 어느 정도 짜인 일정대로 움직였는데도 나름의 가슴 벅찬 자유를 만끽했다. 바쁘게 사느라 접어두었던, 그래서 더 간절했던 나만의 시간에 가슴 속 박자는 더 빨라지고 호흡은 더 길어졌다. 깊은 들숨과 날숨이 그저 행복하여 나는 여행 내내 들떠 있었다. 서점에서 타고르의 《기탄잘리》를 사고, 박물관에서 간디처럼 물레를 돌렸다. 인도 국민배우 샤룩 칸이 출연하는 영화를 보며 삶의 낭만을 즐겨보았다.

이번에는 갠지스강 가트에서 매일 밤 이루어지는 뿌자를 보고 싶어 시작 시각을 물으니 대답이 제각각이다. 저녁 6시라고도 하고, 7시라고도 했다. 대부분의 사원이 문을 여는 시간이 'sunrise'이고 문을 닫는 시간이 'sunset'이듯 갠지스강의 뿌자 시간도 'sunset'이었다. 나중에 알고 보니 인도인 특유의 시간관념과 관련이 있었다. 인도인과 약속을 하면 최소 몇 시간은 기다려야 한다는 글을 읽은 적이 있다. 10분만 기다려 달라는 말을 믿고 정말 10분만 기다리면 될 거라고 기대해서는 안 된단다. 하지만 인도인이 시간 약속을 지키지 않는다는 사실만으로 그들을 신뢰할 수 없다고 판단하는 것은 성급한 일이다. 역사적으로 그들의 종교와 문화가 바탕이 된 것이기 때문이다. 우리는 시간을 직선적으로 보기 때문에 지나간 시간은 되돌릴 수 없으며 반복되지 않는다고 생각한다. 하지만 인도인들은 시간이 순환된다고 생각해서 어제와 오늘의 시간이 다르지 않고, 수레바퀴처럼 반복되는 것이니 특별히 귀하고 아까울 이유도 없다고 생각한다. 늘 몇 시 몇 분을 정확히 따지며 시간에 얽매여 지내는 우리와 다르게 느긋한 성향의 인도인들, 그들의 느슨한 시간관념이 오히려 여유롭게 느껴져 매력적이었다.

바쁠 일 없는 인도에서 그렇게 시간을 잊었고 혼란스러운 풍경 속에서 호리병에 갇힌 나를 잊었다. 내가 본 세상은 넓고 삶은 치열했다. 관광객을 태우고 오르막을 오르는 릭샤 왈라‡의 주름만큼이나 삶은 굴곡지다. 모두 각자의 자리에서 자신의 방식

~~~~~~~~~~

‡ 인력거(릭샤)를 끄는 사람

으로 출렁이는 삶의 파란(波瀾)을 헤쳐 나가고 있는데 나는 왜 그렇게 무기력하게 스스로를 가두고 있었던 걸까.

인도에서 신격화되는 뱀은 허물을 벗는 특징 때문에 재생과 윤회를 의미한다. 몸이 커지면 오래된 비늘을 벗겨내고 새로운 비늘이 덮인 껍질로 바꾸는 허물벗기를 해야 한다. 허물을 벗지 못한 뱀은 죽기 때문에 1년에도 몇 번씩 살아남기 위해서 자신과 싸우며 허물을 벗어야만 한다. 나도 스스로를 가둔 우울의 호리병에서 벗어나려 한다. 인도의 불볕 아래에서 다시 삶을 뜨겁게 끌어안을 에너지를 얻었으니, 뱀처럼 묵은 껍질을 벗고 새로운 마음으로 일상에 들어서려 한다.

맑지 않다고 더러운 건 아니다

슬로 보트를 타고 메콩강을 거슬러

정신없이 한 학기를 마무리할 즈음이면 어김없이 일상을 떠나고 싶다는 유혹이 일어난다. 인도 여행의 여운은 생각보다 길고 깊었다. 열심히 달려온 나에게 이 정도 상은 주어도 되지 않을까, 가슴을 토닥거리며 최면을 건다. 동료 선생님들 중에는 교직 생활의 최대 장점이 방학이라고 말하는 분들이 계신다. 대놓고 내색하긴 조심스럽지만 어느 정도는 맞는 말이다. 특강이나 연수 일정이 잡히기도 하지만, 다른 직업보다 여행을 떠날 시간적 여유가 있는 건 사실이다.

두 번째 배낭 여행지는 인도차이나반도의 라오스다. 보통 여행을 떠나기 전, 그 지역을 다룬 책을 몇 권씩 읽는데 이번 여행지로 정한 라오스에 대한 책은 많지 않았다. 직항이 없어서 가는 길도 힘들고 사회주의 국가라 걱정하는 말도 많았지만 가보고 싶었다. 여행 작가 오소희는 라오스가 욕망이 멈추는 곳이라고 말하며, 먼저 다녀온 사람들이 '거기 아무것도 없다.'라고 말하는 것이 오히려 가야 할 이유가 되었다고 말한다. 깊이 공감하는 내가 별난 걸까. 패키지여행으로 소개되는 상품은 순전히 관광을 위해 찾는 곳이라는 생각이 들었다. 아직 사람들에게 많이 알려지지 않아 순수한 삶의 모습이 살아있는 곳, 설렘과 용기가 필요한 곳이 구미에 맞았다. 라오스가 딱 그런 곳이었다. 더구나 뉴욕타임스가 '죽기 전에 가봐야 할 나라'로 강력하게 추천한다는 말도 가방을 꾸리는 데 한몫했다.

라오스로 들어가는 방법은 여러 가지가 있다. 가장 일반적인 경로는 베트남 하노이를 경유하여 항공으로 수도인 비엔티안으로 가는 것이지만, 배낭여행의 묘미를 살려 태국 방콕에서 심야 버스를 타고 국경을 넘어가는 길을 선택했다. 저녁 무렵 출발한 버스가 비엔티안에 도착했을 때는 아침이 밝아 있었다. 출발한 지 12시간여 만이다. 비엔티안에서는 하루만 묵고 방비엥으로 떠날 예정이었다. 그날 저녁에 인터넷을 통해 그곳에서 한국 식당을 운영하는 분을 알게 되었는데, 운이 좋게도 연락이 닿아 저녁 초대를 받았다. 비엔티안에 살고 있는 섬유 디자이너 한 분과 함께였다. 예상치 못한 사람들과 서로 다른 사연을 갖고 이국 땅에 모여 앉는 일은 흥미롭다. 가끔은 명함을 주고받기도 하지만 사실 다시 연락할 일은 크게 없다. 그날 그 자리를 함께한 인연으로도 충분하기 때문이다.

다음날 로컬 버스로 5시간을 달려 도착한 방비엥은 기대 이상의 매력을 갖고 있었다. 우연히 알게 된 방비엥 총각 뤼가 작살로 잡아 올린 물고기를 나뭇가지에 꿰어 모닥불에 구워주었는데, 그 맛에 빠져 이틀을 물가에 맴돌며 지냈다. 방비엥은 마을이 작아서 오가며 눈인사를 나누다 보니 금세 친구가 된 듯했다. 한국말을 제법 하는 여행 가이드 청년이 있었는데 다음날 마을에서 결혼식이 열린다며 초대를 해 주어 하루를 더 묵기로 했다. 결혼식은 말 그대로 동네잔치였다. 공터에 테이블이 깔리고 음식을 나누며 밤늦도록 음악에 맞춰 춤을 추었다. 식장에 들어갈 때 헝겊으로 만든 작은 꽃을 가슴에 꽂아 주었는데 추억이 될 것같아 귀국할 때까지 잘 챙겨와 서랍에 보관하고 있다.

떨어지지 않는 발걸음을 옮겨 루앙프라방에 도착했다. 라오스에 들어온 지 5일째. 지난밤 미니버스로 4시간을 달려 찾아온 루앙프라방은 촉촉한 여름비에 젖어 있었고, 나이트 바자르에서 손바닥만 한 의자에 쪼그리고 앉아 반주로 마신 비어라오 한 잔에 여독이 녹아 일찍 단잠에 들었다.

어느 아침이 새롭지 않을까마는 특별히 오늘은 그렇게 그리던 루앙프라방의 아침이다. 메콩강이 내려다보이는 숙소 발코니에서 긴 숨을 들이마시며 아직 가시지 않은 잠기운을 떨쳐 내었다. 눈앞을 유유히 흐르는 메콩강의 황톳빛 물줄기가 여행자의 가슴을 평안하게 어루만져 주었다. 하루를 시작하기엔 이른 시간이지만 루앙프라방의 볼거리 '탁발(托鉢)$'을 경험하기 위해 숙소를 나섰다. 밤새 뿌린 빗줄기에 촉촉이 젖은 거리와 싱그러운 나뭇잎이 이국의 아침을 더 낭만적으로 느끼게 해 주었다.

루앙프라방은 비엔티안으로 수도가 옮겨지기 전까지 라오스 제1 도시였다. 프랑스 식민지로 오랫동안 지배를 받은 탓에 거리 곳곳에는 프랑스풍의 건물들이 옛 모습을 그대로 간직하고 있었다. 유네스코가 도시 전체를 세계 문화유산으로 지정할 만큼 아름다운 역사의 도시라는 사실은 여행객의 발길을 붙들기에 충분했다. 인도차이나반도에서 수백 년 전 유럽의 모습을 볼 수 있다는 사실도 신기했지만 그 모습을 지금까지 보존하고 있다는 것이 더 놀라웠다. 세월은 지나간 자리에 꼭 자신의 흔적을 남기는 법인데 이곳은 그 심술을 잘 이겨낸 것 같다.

골목길 여기저기에 사람들이 나란히 무릎을 꿇고 앉아 있었

---

§ 불교의 수행법 중 하나로 도를 닦는 승려가 집집마다 다니며 음식을 구하는 일

다. 모두 작은 대나무 함에 담은 고두밥과 바나나 같은 음식에 작은 꽃송이를 준비하고 누군가를 기다렸다. 잠시 후 멀리서 진한 주황색 가사 행렬이 천천히 다가왔다. 무표정한 맨발의 탁발승들은 어깨에 걸친 바리때 뚜껑을 비스듬히 열고 사람들이 내미는 음식들을 차례대로 받았다. 이곳 사람들은 이렇게 매일 아침 승려들에게 시주한 다음에 돌아가 아침을 먹는다고 한다. 소박한 음식이라도 먼저 베푸는 삶을 실천한 후에 자기 입에 음식이 들어가는 것이다. 종교를 떠나 라오스인의 삶의 태도를 짐작할 수 있는 장면이다.

일 년 내내 하루도 빠짐없이 행해진다는 경건한 종교의식에 용기를 내어 끼어들어 보았다. 마음을 모아 정성을 다하려 했지만 손끝이 떨리고 가슴이 콩닥거려 정신이 하나도 없었다. 무엇보다 무례한 짓을 하는 건 아닌가 하는 생각에 마음이 편치 않았다. 하지만 내가 "미안해요."라고 말하면 그들은 특유의 선한 눈빛과 미소로 "버어 뻰 냥(괜찮습니다)."이라고 말하며, 그들이 섬기는 부처님의 가르침대로 여행자의 경거망동을 자비롭게 이해해 주리라 생각했다.

세월의 깊은 향기가 느껴지는 숙소에서 라오 커피 한잔으로 여유를 부리다가 그만 슬로 보트 출발 시간에 쫓기고 말았다. 무거운 배낭을 메고 초등학교 운동회 때처럼 선착장을 향해 달렸다. 내가 타기로 한 슬로 보트는 박뺑을 거쳐 국경 지방인 훼이 싸이까지 무려 18시간 동안 메콩강을 거슬러 오르는 것이었다. 밤 10시가 넘으면 정전이 된다는 박뺑에서 하룻밤을 정박하고 다음 날 아침 다시 출발하는 일정이다.

숨을 고르며 좁다란 널빤지를 딛고 올라탄 보트에는 이미 사람들로 가득 차 있었다. 메콩 강가에 흩어져 사는 이곳 사람들에겐 중요한 이동 수단이다. 사람 몸체만 한 짐들이 어지럽게 쌓여 있었다. 운전석 뒤에 놓인 작은 나무 의자에 엉덩이를 걸치고 긴 여정을 가게 생겼다. 걱정이 앞섰다. 앞서 방비엥이라는 마을에서 만나 동행한 두 자매는 루앙프라방의 분위기에 빠져 그곳에서 이틀을 더 묵겠다며 방콕에서 만나자는 인사만 남기고 떠나버렸고, 또 다른 한국인 둘은 수도인 비엔티안으로 돌아가겠다고 배에 오르지 않았다. 나만 괜한 코스를 선택한 것이 아닐까 후회했다. 고생을 사서 할 나이는 이미 지났는데 말이다.

보트는 이름 그대로 천천히 움직였다. 생각보다 속도감이 느껴지긴 했지만, 강을 거슬러 오르면서 강가 곳곳에 사람들을 내려주기 위해 멈춰야 했다. 보트가 뭍에 가까이 다가갈 때마다 동네 아이들이 몰려와 강물 속으로 신나게 뛰어들었다. 사람의 눈길이 그리웠던 게 분명하다. 검게 탄 야무진 몸매를 드러내고 다이빙 실력을 자랑하느라 신이 났다. 아이들의 천진한 모습이 메콩강을 닮아 한없이 순박하고 건강해 보였다.

　그렇게 서너 시간이 강물처럼 흐르자 사람들은 주섬주섬 먹을거리를 꺼내 점심을 해결했다. 모두 바나나 잎사귀에 싼 소박한 음식들이었다. 손으로 밥 덩이를 조금씩 떼어 손아귀로 꼭꼭 다져 먹는 모습이 지저분하기보다는 오히려 군침이 돌게 했다. 나도 도시락을 준비해 오길 잘했다는 생각이 들었다. 박뺑까지 가는 8시간 동안 배에서 내릴 수 없으니 도시락을 꼭 준비해야 한다는 여행 선배의 조언을 듣고는 새벽 시장에 나가 커다란 대나무 함에 밥을 넉넉히 사서 담고, 소시지 구이와 과일도 많이 챙겨 왔다.

　어디를 가나 음식을 나누면 사람의 마음이 열린다. 출국할 때 공항에서 산 구운 김에 밥을 싸서 옆에 앉은 프랑스 소년에게 건네니 맛있게 받아먹으며 씨익 웃는다. 손녀를 데리고 훼이싸이에 있는 집으로 돌아가는 할머니도 우리나라 김 맛에 푹 빠지고 말았다. 바짝 다가앉더니 자신의 도시락을 함께 내어놓으셨다. 경계의 눈빛을 보내며 엄마 곁을 떠나지 않던 라오스 소년 하나도 내가 건네는 김밥을 먹어보더니 호기심 어린 눈으로 엄마 입에도 넣어드린다. 나중에 훼이싸이의 구멍가게집 세 모녀까지 합세하게 되어 우리의 점심상은 대식구가 되었다. 여러 사람이 함께 먹는 음식은 유난히 맛있는 법이다. 남은 밥을 소고기 고추장에 쓱쓱 비벼 먹는 것으로 선상의 오찬은 끝이 났다.

식후에 다시 무료함이 몰려왔다. 특히 아이들은 좁은 배 안에 갇혀 있어야 하는 긴 여행에 몸살이 날 지경이다. 프랑스인 엄마와 라오스인 아빠 사이에서 태어났다는 아홉 살 난 소년은 더위에 지친 표정으로 배가 아프다며 엄마에게 짜증을 부리고 있었다. 순간 가방에 넣어온 아톰 목걸이가 생각났다. 긴 체인 끝에, 주먹을 불끈 쥐고 우주로 곧 날아오를 것 같은 씩씩한 모습의 아톰이 달린 목걸이다. 소년에게 그것을 보여 주며 아톰을 아느냐고 물었더니 긴 속눈썹을 깜박거리며 고개를 젓는다. 아톰은 용감하고 씩씩한 소년이라고 가르쳐 주며 목에 걸어 주었더니 금세 얼굴에 웃음이 퍼졌다. 곁에 있던 엄마가 한국어로 'Thank you.'가 무엇인지 묻더니 아이와 입을 맞춰 '고맙습니다.' 하고 내 말을 따라 했다. 소년은 아톰 목걸이가 꽤 마음에 드는 모양이다. 내내 만지작거리며 짜증은 모두 잊은 표정이다.

라오스 아이들에게 주려고 준비해 간 볼펜과 색연필을 꺼내 놓고 아이들을 모이게 했다. 공책을 찢어 종이학 한 마리를 만들어 보여 주며 함께 만들어보자고 했더니 운전석 뒤 빈 공간에 신발을 벗고 빙 둘러앉았다. 우리는 모두 각자의 모국어인 프랑스어와 라오스어, 한국어로 이야기했지만 의사소통에 아무런 문제가 없었다. 사람과 사람을 소통하게 하는 것은 언어만이 아니기에 마음으로도 서로의 말을 충분히 이해할 수 있었다. 공책을 찢어 학을 접고, 종이 카메라를 만들어 서로 사진을 찍어 주며 깔깔 웃었다. 강바람에 엉클어진 소녀들의 머리도 땋아 주고 반진 고리에서 빼낸 실로 실뜨기 놀이도 했다. 하찮은 종이 한 장, 고무 밴드 하나, 무명실 한 올이 모두의 마음을 열고 친구가 될 수 있게 해주리라고는 생각지도 못했다. 물론 끝없이 이어지는 황톳빛의 메콩강 위를 떠가는 슬로 보트라는 특별한 상황이 그렇게 만든 것인지는 몰라도 너무나 유쾌한 시간이었다.

　프랑스 소년이 친구가 되어준 라오스 아이들에게 색색의 풍선을 하나씩 나눠주더니, 작은 향수병 하나를 내게 내밀었다. 뜻밖의 선물이다. 향수병을 열어 은은한 향기를 맡아보았다. 소년은 알까, 프랑스산(産) 향수보다 자신의 그 수줍은 미소가 내게는 더 향기로웠다는 것을. 곁에 있던 할머니도 뭔가를 나눠주고 싶으신 모양이다. 보자기 안에서 사탕수수 두 도막을 꺼내며 먹어보라고 손짓하신다. 할머니를 따라 앞니로 껍질을 벗기고 단물을 빨아보았다. 영어를 모르시는 할머니께 '맛있어요.' 하고 우리말로 말씀드렸는데도 다 이해하신 눈치셨다.

　서로의 눈빛을 보며 마음을 열 사이도 없이 바쁘게 사는 우리로서는, 부족한 것 없이 풍요로운 삶 속에서도 늘 모자란 구석만을 찾아 투정을 부리는 우리의 삶 속에서는 감히 느낄 수 없는 따스한 사람살이의 모습이 아닌가. 작은 것 하나라도 너와 나누고 싶은 마음, 그런 나의 순수한 베풂을 기꺼이 받아들여 주는 너의 열린 마음이 '우리'의 삶을 더 아름답게 한다.

보트가 조심스럽게 뭍에 몸을 붙인다. 친구가 되어 함께 놀던 라오스 소년이 엄마를 따라 짐을 챙겼다. 나뭇잎으로 엮어 만든 오두막 두어 채가 보이는 작은 마을이다. 일 년 내내 입었을 것 같은 소년의 낡은 티셔츠와 고장 난 지퍼가 달린 색바랜 바지를 보니 마음 한 켠이 짠하게 아려왔다. 엄마와 이야기를 나누던 소년이 꾸러미 안에서 뭔가를 꺼내주었다. 참새같이 작은 새를 잡는 새틀이었다. 보기에는 나뭇가지로 엉성하게 만들어진 것이지만 아마 그에게는 가족의 먹거리를 조금이나마 마련할 수 있는 소중한 물건일 테다. 그 귀한 것을 나누어 주는 아름다운 마음이 눈가를 뜨겁게 했고 영혼까지 따스하게 만들었다.

"싸바이디(안녕)!"

'그리울 거야.' 메콩강은 선물을 주었다. 향기로운 향수와 달콤한 사탕수수, 귀여운 아이들의 그림, 그리고 소년의 귀한 새틀까지. 하지만 그 무엇보다도 더 소중한 것은 황톳빛 메콩강을 닮아 '슬로'의 삶을 사는 라오스인의 따스한 마음이다.

맑지 않다고 더러운 것은 아니다. 탁한 황토물이 오히려 더 순박하고 정겹다. 메콩강과 함께 흐르는 그들의 삶이 힘겨워 보이지만 결코 불행하지 않듯이. 여행객 두엇을 태운 퀵 보트가 시끄러운 엔진 소리를 내며 지나갔다. 성난 물살에 보트가 출렁거렸다. 그 리듬에 맞춰 내 몸도 함께 흔들린다. 나는 지금 답답하고 느린 슬로 보트 위에 있다. 그래도 나는 행복하다. 아니, 그래서 더 행복하다.

762 curves

무명의 예술가들이 숨어 사는 동네, 빠이(Pai)

　　라오스 여행을 위해 들렀던 방콕은 여행자의 천국이
라고 불린다. 놀거리, 먹거리가 풍부하기 때문일 것이다. 하지만
6개월 만에 다시 찾은 방콕은 이번 여행의 목적지가 아니다. 태
국 북부 도시인 치앙마이와 치앙라이를 여행하기 위한 구름판이
다. 밤 비행기로 일상을 떠나 하늘로 가볍게 날아올랐지만 치앙
마이까지 가는 길은 조금 고달팠다. 급하게 정한 일정이라 연결
비행기를 타기 위해 방콕 공항에서 새벽까지 에어컨 바람에 벌
벌 떨며 6시간을 기다려야 했다.

　치앙마이에서 2박을 하며 여행 안내서를 뒤척이다가, 원래 생
각했던 치앙라이가 아닌 '빠이'에 가기로 마음을 먹었다. 특별한

볼거리도 없고 규모도 작아 불과 한 시간이면 마을 전체를 둘러볼 수 있는 곳이라지만 왠지 마음이 끌렸다. 어차피 돌아가는 비행기는 일주일 후이니 그때까지 발길 닿는 대로 돌아다녀도 되지 않을까.

빠이는 치앙마이에서 110킬로미터 떨어진 작은 마을이다. 먼 거리는 아니지만 구불구불한 산길을 돌아 돌아가야 하기에 로컬버스로 4시간, 미니버스로는 3시간을 달려야 했다. 눈길을 사로잡을 만한 빼어난 자연 경관도, 역사적인 문화 유적도 없는 빠이는 그저 마음을 내려놓고 방갈로에 누워 떨어지는 빗소리에 맞춰 책장이나 넘기며 빈둥거리기에 좋은 곳이었다. 여행 안내서는 빠이를 '마음을 부드럽게 만드는 자연 경관 속에 독자적인 문화와 예술이 살아 숨쉬는 마을, 아무것도 하지 않는 자유를 만끽하며 숨구멍 가득 살아 있는 공기를 채우는 즐거움이 있는 곳'이라고 소개하고 있었다.

빠이에 도착해 야자 잎사귀로 엮어 만든 듯한 방갈로 한 채를 3일간 묵기로 하고 빌렸다. 배낭을 던져두고 나선 거리는 너무 아름답고 신기했다. 나뭇잎으로 지붕을 얹은 집들, 갖가지 나무와 꽃으로 꾸며낸 아기자기한 집들, 여기저기 매달린 은은한 등불들은 영화 속에서 본 동막골에 온 듯한 착각을 하게 했다. '이 마을은 이름 없이 숨어 지내는 천재 예술가들이 모여 사는 동네'

일 거라고 멋대로 생각하다가 거리를 둘러보며 분명히 맞을 것이라고 확신했다.

도로변에 늘어선 조그마한 가게들은 신기하게도 자기 나름의 고유한 브랜드를 걸고 상품을 만들어 팔고 있었다. 티셔츠 하나, 사진 한 장, 엽서 한 장도 같은 디자인이 없었다. 전국 어디를 가든지 똑같은 기념품을 파는 우리나라 관광지와는 너무 달랐다. 오래된 목조 건물을 개조한 커피숍 '올어바웃 커피'에서는 향 좋은 커피와 함께 열 살 남짓해 보이는 꼬마 화가의 그림을 엽서나 액자로 만들어 팔고 있었다. 삐걱거리는 다락방에 앉아 꼬마 화가의 그림을 감상하며 마시는 에스프레소의 맛과 향기를 몇 마디로 표현하기는 불가능했다.

'58130'이라는 빠이의 우편 번호와 빨간 우체통을 작품화한 갤러리도 있고, 빠이(PAI)라는 지명을 활용해 'UTOPAI'라는 단어를 만들어 유토피아를 연상하게 하는 가게도 있었다. 그중에도 가장 인상적인 것은 '762 curves'라는 문구를 활용한 작품을 파는 가게였다. 스티커, 엽서, 열쇠고리 등을 만들어 파는 가게지만 그것들을 '작품'이라 부르고 싶다.

"762 curves"

치앙마이에서 빠이로 가기 위해 꼭 거쳐 가야 하는 산길의 커브 숫자이다. 빠이에 오기 위해서는 762번의 커브를 돌아야 한다는 것인데, 오지 마을임을 확인시켜 주는 그 숫자를 오히려 마을의 상징으로 당당하게 외치고 있다. 어느 마을에나 있는 우편번호 '58130'을 거리 곳곳에 멋지게 적어둔 것처럼 어쩌면 아무것도 아닐 수 있는 숫자로 자신들이 얼마나 마을을 사랑하는지, 우리 마을이 얼마나 멋스러운 곳인지를 보여 주는 듯했다.

길가 작은 수레 위에서 파는 엽서 세트를 샀다. 위아래 이를 환하게 드러내며 웃는 거리의 청년 화가가 직접 그린 그림엽서였다. 짧은 영어로 주고받는 대화는 내가 원하면 나를 그려 주겠다는 말이었고 말보다 표정과 몸짓으로 소통에 능한 나는 유쾌하게 그의 제안에 응했다. 수레 옆 작은 의자에 마주 앉아 그의 시선에 어색한 미소를 보이며 기다린 지 몇 분 후 체크무늬 스커트까지 쓱쓱 그려낸 엽서 한 장을 내밀었다. "컵쿤캅, 컵쿤캅" 고개를 끄덕이며 고맙다는 인사를 건네는 나를 바라보는 그의 웃음은 귀한 선물을 받아든 나보다 더 행복해 보였다.

근처 카페에 앉아 엽서 세트를 꺼내 보며 커피를 마셨다. 서빙하던 아가씨가 그림엽서를 보더니 그림과 나를 번갈아 손짓하며 활짝 웃었다. 그러고는 테이블 위에 있는 엽서 한 장을 더 가리키며 이 그림 속 풍경이 지금 내가 앉아 있는 이곳을 그린 것이란다. 신기해하는 나에게 사진 찍는 시늉을 한다. 기념으로 사진을 찍어주겠다는 친절한 배려였기에 엽서를 들고 그녀를 향해 활짝 웃어 보였다.

숙소로 돌아오는 길에 잠시 들른 바는 작은 테이블이 네다섯 개 있는 곳이었는데, 가게 구석에서 아무렇게나 셔츠 하나 걸쳐 입은 소년이 기타를 치며 노래를 부르고 있었다. 마음을 전하는 만국 공통어인 미소로 인사를 건네고 맥주 한 잔을 마시고 나왔다. 숙소로 돌아오는 길에 들른 지 3일째 되는 날 내게 손짓하며 마라카스*를 내밀었다. 맥주 한 잔에 흥이 오르기도 했고, 빠이에서의 마지막 날이기에 용기를 내어 마라카스를 신나게 흔들어주었다. 그 순간만큼은 사춘기 남학생들의 선생님도 아니고 두 딸아이의 이부자리를 정리하는 엄마도 아닌, 삶을 뜨겁게 사랑하는 여행자가 되어 리듬에 몸을 맡겼다. 원래가 흥이 많은 사람인데 그것을 발산할 자리가 많지 않았던 것도 사실이니까.

마지막 날 오후엔 2달러도 안 되는 돈으로 자전거를 빌려 빠이 곳곳을 돌아다녔다. 자전거를 타고 만나는 커브 길 도로 표지판이 정겹게 느껴졌다. 커브를 돌아가면 또 어떤 풍경이 나를 기다리고 있을까 기대하게 되어 더 힘차게 페달을 밟는다. 펼쳐진 콩밭 사이로 난 고갯길을 오른다. S자 두 개가 꼬리를 물고 이어진 듯한 표지판이 보인다. 빠이에서는 흔한 표지판이니 놀랍지

---

*　손잡이가 있는 둥근 나무통 안에 말린 씨를 넣어 흔드는 악기

도 않다. 어제도 저런 커브 길을 돌아 지나왔으니 오늘도 이왕이면 유쾌한 마음으로 넘어 보리라.

살아오면서 커브 몇 번 꺾어 보지 않은 사람 어디 있을까. 한 걸음, 두 걸음 앞이 평탄했기에 앞으로 이어질 길도 그렇게 쭉 나아갈 것이라 생각했다. 하지만 20대에 겪은 친구의 배신과 절망, 부모님의 투병과 죽음은 생각지도 못한 굴곡이었다. 결혼 이후 겪은 경제적인 시련 역시 그러했다.

막다른 길 끝에 선 듯이 두렵고 막막했던 순간들, 하지만 그 시간을 온몸으로 버티고 헤치며 도착한 굴곡의 끝은 또 다른 길로 이어지고 있었다. 그렇게 왼쪽으로 혹은 오른쪽으로 방향을 틀어가며 나아가는 발걸음이 삶에 힘을 더하고, 비로소 주위를 둘러보며 넓어지는 시야가 우리 삶을 더 빛나게 한다. 762번의 커브를 돌아야 다다를 수 있는 빠이처럼.

제소리만 내어도 충분한

창녕 화왕산 억새 물결 속으로

요즘은 제철 과일이란 말이 무색해졌다. 자연의 섭리
대로 과실을 맺는 시기가 진짜 제철이지만 요즘은 하우스 농사
가 보편화되어 사계절 내내 싱싱한 과일을 맛볼 수 있게 되었다.
하지만 산과 들판에 찾아드는 계절의 변화까지는 인간의 영역이
아닌 모양이다. 겨우내 얼어붙었던 땅에서 봄 쑥이 돋고 극성스
럽던 무더위도 때가 되면 서늘한 바람에 기세가 꺾인다. 인간이
간섭할 수 없는 대자연의 순리대로 제철이 아니면 할 수 없는 일
들이 있다. 그래서 가급적 때를 놓치지 않고 자연이 주는 축복을
즐겨 보려고 한다. 사월에는 청보리밭 길을 걷거나 흩날리는 벚
꽃 아래 서본다. 팔월엔 솔숲 아래 피어있는 맥문동을 보러 가고,

겨울이면 활짝 핀 상고대 눈꽃 산행을 위해 덕유산을 오른다. 이번엔 산행을 즐기는 친구가 늦가을엔 억새 물결 넘실대는 화왕산을 꼭 가 보라고 권하기에 제때 맞춰 배낭을 메고 경남 창녕으로 향했다.

나무 지팡이 하나를 주워들었다. 거친 바위산이 나를 내려다본다. 자하골로 오르는 등산로 옆으로 나 있는 길을 선택했다. 작은 암자에서 나오시던 아주머니 한 분이 암자를 끼고 끝없이 이어지는 좁은 솔밭 샛길을 가르쳐 주셨다. 잘 다듬어 놓은 계단으로 오르는 것보다 시간은 더 걸려도 경치를 살펴보는 소소한 재미가 있을 거란다. 일단 믿어보기로 했다.

그곳엔 이미 가을이 깊숙이 찾아와 있었다. 도토리나무 잎새가 발 아래에서 바스락거렸다. 한 걸음 바스락, 한 걸음 바스락. 경사가 가팔라질수록 호흡은 가빠지고 자꾸만 펑퍼짐한 바위에 눈이 가 드러눕고 싶어졌다. 길은 누가 일부러 만들어 놓은 것처럼 신기하게도 두 갈래도 갈라졌다가 다시 합쳐지고, 다시 갈라졌다가 합쳐졌다. 산을 오르내린 사람들의 발길이 자연스럽게 길을 만들어 놓은 것이다. 작은 갈림길을 만날 때마다 잠시 고민에 빠진다. 왼쪽? 오른쪽? 돌계단? 흙 비탈길? 갈림길이 반복되고 선택하며 오르기를 이어가다 보니 고등학교 때 읽은 프로스트의 시(詩) '가지 않은 길'이 생각났다.

시 속에서 주인공은 숲속에 난 아름다운 두 갈래 길을 만난다. 그는 두 길을 다 가지 못하는 것을 안타까워하며 갈림길 앞에서 고민하다가, 풀이 많고 사람의 자취가 적은 길을 선택한다. 다음을 위해 다른 길은 남겨 두지만 이미 선택한 길이 계속 다른 길로 이어져 끝이 없으므로 다시 그곳으로 돌아올 수 있을지 확신할 수 없다. 그리고 생각한다. 훗날 어디선가 숲속에 두 갈래 길이 있었는데 사람이 적은 길을 택했고 그것으로 해서 모든 것이 달라졌다고 이야기하게 될 거라고.

마음이 이끄는 대로 발길을 옮겨 놓았다. 그러면서 짧은 순간에 특별한 기준 없이 택한 것이지만 그 길이 순탄하게 이어지면 선택에 만족하고, 우거진 수풀이라도 만나 힘이 들 때는 짧은 후회가 남았다. 결국은 가 보지 않은 길에 호기심이 생기고 미련이 남기도 했다. 그럴 때는 '그래도 이 길에서 도토리를 주울 수 있어서 좋았어.' 위로를 해본다. 오르막길에서의 사소한 선택 하나에도 온갖 감정들이 밀려왔다 밀려간다.

대학 진학을 위한 입학 원서를 작성할 때였다. 서로 다른 전공을 2지망까지 기재할 수 있었다. 국어 선생님이라는 꿈이 있었기에 국어교육과는 일찌감치 후보로 정해 놓았지만, 아무에게도 말하지 않았던 꿈이 하나 더 있었는데 그것은 고고인류학과였다.

최종적으로 1지망인 국어교육과에 합격하여 지금은 국어 교사가 되었다. 만약 내가 그때 1, 2지망 학과를 바꾸어 썼다면 어떻게 되었을까. 아니면 1지망에서 떨어져 2지망으로 밀렸다면 고고인류학자가 되었을까. 가끔 고고학자들이 유적을 발굴하거나 깨진 토기들을 복원하는 모습을 보면 내가 가지 않은 길에 특별한 감정이 들기도 한다. 설렘일까, 미련일까.

산길에서 인생을 읽는다. 우리는 선택한 것에 만족하며 최선을 다하기도 하지만 가끔은 가지지 못한 쪽에 미련을 갖기도 한다. 돌이킬 수 없는 선택의 길이라면 역시 부질없는 일인데도 말이다. 나는 어느 쪽일지 생각해 본다. 스스로의 결정에 만족하며 그 길에 최선을 다하는 쪽인지, 아니면 미련을 오래 품는 쪽인지.

어쩐지 나는 이솝우화에 나오는 여우를 닮았다. 배가 고파 먹을 것을 찾다가 포도나무를 발견한 여우는 그것을 따먹으려고 애를 써 보지만 힘에 부쳐 못 먹게 되자 돌아서서 말한다.

"그래, 저 포도는 엄청 시고 맛이 없을 거야."

차라리 아무 미련도 없는 척, 아니 미련은 빨리 버리고 현실을 받아들이는 편이 지혜로울지도 모르겠다.

"그래, 저 길로 갔어도 별 수 있었겠어. 이만하길 다행이지, 뭐!"

정상에 올랐다. 바위산 꼭대기에 이런 광활한 풍경이 기다리고 있을 줄은 짐작도 못 했다. 웬만한 사람의 키보다 더 큰 억새 무리가 끝없이 펼쳐져 있었다. 좋은 것을 보면 아름답다, 그림 같다 하며 사진을 찍기 바쁘지만 나는 그곳에서 오랜 시간을 홀로 앉아 표현할 수 없는 무념(無念)의 상태에 빠져 온 마음을 다 놓아 버렸다. 머리를 풀어 헤친 억새들이 바람에 흔들리며 제소리를 내고 있었다.

'서걱서걱' 같은 소리였다. 충분했다. 그것만으로도 사람의 마음을 어루만지기 충분했다. 자신의 색을 띠고, 바람의 방향에 따라 순리대로, 서로의 몸에 기대어 천천히 흔들리며 낼 수 있는 소리를 내면 그만이었다.

당시 나는 내가 낼 수 있는 그 이상의 옥타브로 노래하고 있었다. 늦은 나이에 교단이 그리워 다시 아이들 앞에 돌아왔지만 힘이 부치기도 했고, 엄마와 아내, 그리고 며느리로서 감당해야 할 몫과 기대치도 높았다. 어쩌면 주변보다도 내 욕심이 과했는지도 모르겠다. 혹여 일하는 엄마의 아이들이라는 빈틈이 보일까 아이들 일에도 더 애를 썼고, 종갓집의 참한 며느리라는 인정도

탐냈다.

새들이 자기가 낼 수 있는 소리로 자기 이름을 부르듯이 나도 나의 노래를 부르면 된다. 내가 소화할 수 있는 높낮이로, 나만의 음색으로, 버겁지 않은 크기로 노래하면 되는 것이었다. 억새밭에서 지혜 하나를 얻는다. 물이 흐르는 대로, 바람이 부는 대로 순리를 따라 사는 삶. 바람이 부는 대로 몸을 맡긴 억새의 아름다운 몸짓에는 가식도 군더더기도 없다. 어떤 꾸밈음도, 변주도 필요 없는 담백한 소리가 가장 아름답다.

세월을 거스르지 않는 순응의 아름다움

경주 기림사 뜰에서

　　오래간만의 경주 여행이다. 여행을 계획해 놓고 며칠 전부터 설레며 기다리는 것도 즐거운 일이겠지만 예정에도 없던 여행을 아무런 준비 없이 떠나는 것도 색다른 맛이 있다. 그것도 남들은 바쁜 일과에 쫓겨 정신없을 수요일에 표표히 떠나는 여행은 더 매력적이다. 내 생일을 반납하고 학교 생일을 두 번 챙기면 안 될까, 하는 유치한 생각을 해본다.

　　한가로운 고-속-도-로를 달리다 이미 색을 바꾸기 시작한 4번 국도로 이어 달렸다. 계절은 우리가 느끼는 것보다 훨씬 더 빨리 오고 있는 것 같다. 푸른 잎새 뒤에 숨은 사과 하나가 여름 햇살과 초가을 소나기, 선선한 바람에 빨갛게 여물어 얕은 눈에 뜨일

때야 비로소 알게 된다. 가을이 이미 가까이 와 있음을. 눈을 들어 올려다 본 하늘에는 눈부신 햇살과 뽀얀 뭉게구름이, 그리고 바람이 살고 있었다. 언제부터 저기에 있었나. 마음은 하늘을 날았다.

차를 멈춘 곳은 낯선 고찰(古刹) 기림사다. 창건할 때는 통일 신라 최고의 사찰인 불국사를 말사(末寺)로 거느릴 정도로 이름난 절이었다는 설명이 믿기지 않을 정도로 작고 조용한 절이었다. 기림사는 말 그대로 '달을 머금고' 선 듯한 함월산(含月山) 자락에 조용히 앉아 있었다. 기원정사(祇園精舍)의 숲, 기림- 그 이름의 유래를 좇아가지 않더라도 그냥 그저 편안한[祇] 숲으로 다가왔다.

세월이 지나도 바래지 않는 것이 있을까. 영원하리라 믿었던 사람들의 굳은 다짐도, 변치 말자 약속한 젊은 사랑도, 곱게 단장한 새색시의 수줍은 미소도, 세월에는 대부분 지고 만다. 굳은 약속은 이기적인 계산 뒤에 지워지고, 운명이라 여기던 사랑도 생활에 찌들어 유행가 가사로만 남는다. 품으로 파고드는 아이들을 끌어안은 새색시의 웃음도 예전의 그 수줍던 빛깔은 아니다.

그런데도 경주에는 세월에 바래 더 아름다운 풍경이 있었다. 단청을 입히지 않은 채 뿌연 나무의 속살로 서 있는 진남루는 단순하고 엄숙했다. 투박하지만 균형 있게 짜맞춘 대적광전의 빛

바랜 다포(多包)는 편안하고 친근했다. 세월만 그대로 담은 색 없는 꽃 창살은 그 어느 해 봄꽃보다 화려했다. 대적광전 앞 너른 마당에는 시간의 흔적이 파랗게 낀 삼층 석탑과 500년 수령의 보리수가 양쪽 곁을 지키고 있었다.

화려하던 단청 빛깔이 비바람에 퇴색되어 뿌연 속살을 드러내고 있었지만, 오히려 애써 주름살을 감추려 치장하지 않은 원숙한 여인의 넉넉한 아름다움으로 다가왔다. 이끼로 옷을 해 입은 삼층 석탑 역시 절대 가볍지 않은 연륜의 깊이가 느껴지고, 수백 년을 하루같이 제자리를 지키고 서 있었을 당당한 담담함에 절로 고개가 숙여졌다.

2000년대 초반에 우연히 신문에서 익산 미륵사지 석탑을 해체하고 수리한다는 기사를 읽었다. 구조가 불안정하다는 이유 때문인데, 무엇에 이끌린 것인지 주말에 기차와 버스를 갈아타고 먼 길을 달려갔다. 해체되기 전의 모습을 보고 싶었다. 일제강점기 때 무너진 일부분을 일제가 콘크리트로 흉하게 보수해 놓은 사진도 함께 실렸는데 그 몰골은 처참했다. 당시 콘크리트는 첨단 소재니 최선의 방책이었다고 주장할지는 모르겠지만 말이다. 콘크리트를 떼어내고 다시 보수를 한다고 해도 예전의 모습을 되찾기는 어려울 거란 생각이 들었다. 덜어낸 돌에 필요하다면 새 돌을 끼워 넣을 것이다. 새롭게 단장하기 전 지금 그대로의 모습을 보고 싶었다.

관람로를 만들어 두어 그 모습을 지켜볼 수 있었는데 연구원들이 돌 하나 하나 사진을 찍고 크기를 기록하고 있었다. 보수를 마무리 짓는 데는 20년이 걸릴 거란다. 그 모습이 한편으로는 기대도 되지만 솔직한 마음은 걱정과 아쉬움이 더 컸다. 안전상의 이유로 어쩔 수 없는 상황이긴 하지만 복원된 다른 사례들을 보면 뽀얀 대리석으로 단장한 모습이 어색한 성형 수술을 한 사람처럼 지나치게 매끈하여 거리감이 생겼기 때문이다. 세월이 스며든 돌의 빛깔이 그립다.

진남루 처마 아래에서 생각했다. 안달하지 않아도 충분히 아름다운, 세월을 거스르지 않는 순응(順應)의 아름다움이란 이런 것이구나. 세월을 따라 자연스럽게 바래는 걸 안타까워하거나 두려워할 필요는 없다. 세월을 담아내는 나이테같이 우리도 살아낸 시간의 자국을 담으며 그렇게 순응하며 살면 되겠지. 옛 노래에 가시 막대를 들고, 오는 길을 가로막고 서 있어도 백발은 지름길로 찾아와 머리 위에 앉는다고 했다. 그러니 흘러가는 시간을 담담히 받아들이는 것이 아름다운 순응의 삶일 것이다.

흔들리는 그대여, 철주 하나 품으소서

경주 감은사터, 남아있는 돌탑 아래에서

혼자 다녀온 기림사 여행 후 한동안 잊고 있었던 고도 경주의 매력이 살아나 한 달 만에 다시 경주를 찾았다. 감은사지 석탑을 다시 보고 싶었다. 몇 해 전, 아이들과 함께 떠난 '달빛 역사 기행' 때 그 탑 아래에서 저녁노을을 보며 도시락을 먹은 적이 있었다. 신라문화원 주관으로 매월 보름 가까운 주말에 열리는 달빛 역사 기행이 있다는 기사를 보고 경주로 1박 2일 가족여행을 떠났다.

늦은 오후에 시작되는 달빛 기행은, 낮에는 문화 해설사와 함께 소규모 그룹별로 문화 유적지를 답사하고 달이 떠오르면 참가자들이 분황사에 모두 모여 달빛을 받으며 탑돌이를 하는 것으로 마무리되었다. 벽돌을 모방하여 다듬은 돌을 쌓은 탑이라 하여 모전(模塼)석탑이라고 이름 붙은 분황사 탑은 한 변이 10미터가 훨씬 넘는다. 그 주위를 빙 둘러선 사람들은, 보름을 앞둔 밝은 가을 달을 닮은 등불을 하나씩 들고 밤이 깊도록 탑돌이를 했다. 아이들은 함께 걸었던 탑돌이가 재미있었다고 두고두고 이야기했고 나는 저녁노을을 보며 오래 머물렀던 감은사지에서의 시간이 이따금 떠올랐다. 문화재는 아는 만큼 보인다는 말이 맞나 보다. 그날 저녁 석탑 아래에서의 기억은 다른 어느 때보다 인상적으로 와닿았는데 동행한 해설사가 들려준 찰주(擦柱) 때문이었다.

유홍준의 ≪나의 문화유적답사기≫ 1권의 표지를 장식하여 출간 당시에 많은 관심을 끌기도 했던 감은사지 석탑은 여느 석탑과 조금 달랐다. 석탑 꼭대기에 아무 장식도 없는 높이 3.3m의 쇠기둥이 박혀있는 것이다. 제아무리 강한 쇠붙이라고 해도 무려 1300년이 지난 지금까지 부식되지 않고 당당하게 바다를 향해 중심을 잡고 서 있다는 사실이 놀랍다. 천 년을 넘게 소금기 가득한 해풍에 시달렸을 텐데 삭아 부서지지 않고 당당하게 중심을 잡고 서 있었다.

과학적으로 맞는 말인지는 잘 모르겠지만 해설사의 설명대로라면 쇳덩이를 수백 번, 수천 번 달구고 두드리기를 반복해서 쇠에 섞인 불순물들을 모두 제거했기 때문에 천 년이 지난 지금까지도 변치 않은 것이라고 한다. 그렇다. 뜨거운 불에 달구어지고 수천 번 두들겨 맞은 존재라서 천 년을 견디나 보다. 끈질기게 단련하여 순수하지 못한 것을 빼내고 중심을 잡고 산다는 것, 흔들리지 않는 '나'를 지키며 산다는 것의 힘에 대해 생각해 보았다.

다산 정약용의 <수오재기>(守吾齋記)라는 글이 있다. 쉬운 말로 풀면 '나를 지키는 집'이란 뜻이다. 큰 형님인 정약현이 자신의 집에 붙인 이름 '수오재'에서 깨달음을 얻어 쓴 글이라고 스스로 밝히고 있다. 다산은 어렸을 때부터 과거가 좋아 보여 10년을 준비해 마침내 관직에 올라, 검은 사모(紗帽)를 쓰고 비단 도포를 입고 미친 듯이 큰길을 뛰어다니며 살았다고 고백한다. 하지만 결국 권력의 소용돌이에 휘말려 멀리 바닷가로 유배를 가게 된다. 그런 자신과 달리 세상의 유혹에 흔들리지 않고 본성을 지키며 살아가는 형님은 '나'를 잃지 않고 지조를 지킨 덕분에 세상 풍파에 휩쓸리지 않았다고 말한다.

다산도 처음에는 '나를 지키는 집'이라는 이름이 이상하다고 했다. '나'는 나와 떨어질 수 없기에 지키지 않는다고 해도 어디로 가겠는가 생각했지만 곧 깨닫는다. 천하에서 가장 잃어버리기 쉬운 존재가 '나'라는 것을. 우리가 지키려고 애쓰는 천하 만

물, 돈이며 집, 곡식들은 부단히 지킬 필요가 없지만 오히려 '나'는 다른 것보다 잃기 쉬우므로 더 잘 지켜야 한다는 것을 깨달은 것이다.

맹자도 비슷한 가르침을 남겼다. 닭이나 개 한 마리를 잃어버리면 그것을 찾기 위해 온 동네를 뒤지며 찾아다니지만, 정작 중요한 자기 마음을 잃어버린 때는 찾을 줄도 모른다고 빗대었다. 심지어 잃어버린 줄도 깨닫지 못하니 슬픈 일이라고 했다.

모두가 힘들다는 세상살이, 불의한 유혹이 많은 세상이다. 하지만 세상의 거친 바람에 휩쓸려 지조를 잃거나 달콤한 속삭임에 정신을 잃고 미혹에 빠지려 할 때 중심을 잡아줄 든든한 기둥이 필요하다. 반복적인 담금질과 벼름질로 불순한 것 다 빠지고 순수함만 남아 당당하게 우뚝 서 있는 석탑의 강인한 찰주처럼 우리도 오래도록 변치 않을 철주(鐵柱) 하나씩 가슴에 품고 이 세월은 견디어 보면 어떨까. 흔들리는 그대여, 가슴에 녹슬지 않을 철주 하나 품으소서.

세월을 건너 지켜온 가치

유후인의 동화 속 풍경에서

아이가 고3 입시생이면 엄마도 입시생의 마음으로 지내게 된다. 그렇다면 아이들과 이른 아침부터 늦은 밤까지 온종일 같은 사이클로 지내는 고3 담임은 어떨까? 주위에서 특별한 압박을 가하지 않아도 아이들은 고3이라는 사실만으로 스트레스를 받는다. 특히 여름 방학은 체력적으로나 심적으로 매우 힘든 고비다. 다양화된 입시 제도가 자신에게 맞는 방식을 선택하도록 배려한 것으로 보이지만, 아이들은 오히려 복잡한 갈림길에서 갈팡질팡 헤매고 있다. 나 역시 상담과 특강을 위해 과감히 방학을 반납해야 했다. 겨우 얻어낸 휴가가 일주일도 안 되었지만 그저 감사했다. 잠시지만 배낭을 꾸릴 수 있다는 사실만으로도.

배낭은 가볍게 꾸렸다. 다른 때보다 시간을 길게 낼 수가 없어더 알차게 보내리라 다짐하며 여행지를 고르고, 책을 읽으며 떠날 준비를 했다. 여행길에 늘 동행하는 녀석들을 구석구석에서찾아냈다. 첫 인도 여행부터 함께한 스포츠 샌들, 편안한 마 바지와 모자를 챙겨 일본 후쿠오카행 배에 올랐다.

후쿠오카는 부산에서 쾌속정으로 3시간이 채 안 걸렸고, 이번여행지인 유후인은 거기에서 버스로 3시간 거리에 있는 오이타현의 작은 마을이다. 일본 여성들에게 가장 가 보고 싶은 곳으로뽑힐 만큼 인기 있는 곳이라는 말을 듣고 오래전부터 한 번은 가보고 싶었다.

반나절 정도면 다 둘러볼 수 있을 정도로 작은 시골 마을인 유후인은 인구가 3만 명 정도로, 우리나라로 치면 읍(邑) 정도의규모이다. 하지만 관광객 수가 한 해만도 400만 명이 넘는다고하니, 분명히 매력이 있을 거라는 생각이 들었다.

원래 농사를 지으며 살아가던 동네였는데 급속한 경제 성장의 후폭풍으로 도시인들을 위한 리조트 사업이 활기를 띠게 되고, 유후인 역시 자산가들에 의해 골프장 건설이나 옆 마을 벳부같은 대형 온천 리조트 사업 등이 논의되었다고 한다. 그러나 마을 청년들을 중심으로 고향의 자연 경관을 지키기 위한 반대 운동이 일어나 결국 외부 자본에 의한 사업이 아닌, 순수하게 마을 사람들의 힘으로 차별화된 유후인만의 매력을 만들어냈다고 한다. 권력이나 돈이 아닌, 마을을 사랑하는 사람들의 열정으로 여기까지 온 것이다.

후쿠오카에서 버스를 타고 벳부를 거쳐 유후인에 도착했다. 마을을 대표하는 긴린호[金鱗湖] 반대편에서 내려 호수로 향하는 마을길을 천천히 걸었다. 재작년 여름에 갔던 태국 북부지방 빠이(Pai)에 다시 돌아온 듯한 착각이 일었다. 시인과 화가 등 예술가들이 모여 산다는 빠이의 골목골목처럼 이곳도 아기자기하고 특이한 가게들이 즐비해 있었다.

관광지마다 있는 그렇고 그런 기념품이 아니라 세상 어디에서도 찾아볼 수 없는 독창적이고 특색 있는 것들이었다. 고양이와 강아지, 부엉이를 캐릭터화한 물건만 파는 가게, 나무토막으로 만든 작품을 전시하고 판매하는 갤러리, 벌을 주제로 하여 꿀이 들어간 아이스크림이나 화장품, 장난감 등을 판매하는 곳, 유리 공예나 도자기 제품만 전시한 곳 등 가게마다 특색 있게 꾸며져 있었다. 모두 그 지방에서 만들어진 물건들이다. 예쁜 글씨체로 꾸며진 자그마한 간판들과 상점 안팎을 아기자기하게 꾸며 놓은 모양새만으로도 여행객의 마음을 끌 만했지만, 집들이 모두 예스러운 느낌을 풍기는 것이 더 매력적이었다.

일본에서 제일 맛있다는 크로켓 가게에 줄을 서서 하나를 골라잡고 세상에서 가장 행복한 표정으로 오물오물 먹으며 거리를 걸었다. 특유의 일본 남자 분위기가 물씬 나는 청년이 홀로 지키고 있는 갤러리에 들어갔다. 나무로 만든 작품들을 판매하고 있었는데 그곳에 들어서 가게를 한번 훑어보는 순간, 뭔가에 홀린 듯 시간을 잊고 말았다. 대부분 나무를 거칠게 깎아 만든 소품들이었는데 감탄이 절로 나왔다.

아기자기 귀엽고 기발한 작품 중에 작은 액자 하나를 골라 들었다. 책처럼 펼쳐지는 나무 사이에 삽화와 일본어로 짧은 문장이 적혀 있었다. 그에게 무슨 뜻인지 물었더니, 짧은 영어로 'everytime, together'란다. 진한 코발트 색의 조그마한 나무토막에 하얀 잉크로 휘휘 갈겨쓴 듯한 그 한 마디가 왜 그렇게 마음에 든 걸까. 나무토막 두 점을 가방에 꾸려 넣는 것을 시작으로 지갑은 입을 닫을 새 없이 열렸다. 유리 공예로 만든 소품 몇 점, 딸아이가 좋아할 만한 엽서 몇 장, 고양이 인형으로 가방이 가득 찼다. 지갑이 가벼워질수록 가방은 차오르고, 호수로 향하는 걸음은 점점 느려졌다.

좁은 골목마다 표현할 수 없을 정도로 예쁜 카페들이 숨어 있었다. 유후인의 유명 먹거리인, 달걀과 생크림이 듬뿍 들어간 촉촉한 롤케이크 한 조각은 포기할 수 없었다. 출발할 때부터 여행 노트에 별표 다섯 개가 그려진 필수 코스였기 때문이다. 거기에 진한 에스프레소 한 잔까지 곁들여진다면 그 맛은 더 황홀해진다. "그래, 이 맛이야."

자연재해 때문인지 좁은 땅덩이 때문인지는 모르겠지만 작고 낮은 건물이 많은 일본 거리의 풍경이 우리나라의 그것과는 조금 다르면서도, 버스 안에서 바라보는 산야의 모습은 너무도 평범하고 낯익은 것들이었다. 가끔 유황 가스가 피어오르는 산의 모습이 이색적이긴 했지만 후쿠오카도 유후인도 전체적으로 나직하고 고요하고 편안했다.

오래된 것일수록 아름답다는 말이 있다. 하지만 우리는 익숙한 데 흥미를 잃고 새로운 것을 찾아 나선다. 물론 발전을 위한 도전과 시도가 나쁘다는 것은 아니다. 새로움은 기대와 설렘을 주지만 익숙하고 낡은 것이 무가치하다는 판단은 성급하고 아쉽다. 빠르고 편리한 것만을 찾다 보면 어리석게도 시간이 흐른 뒤에야 하찮다고 생각했던 것들을 아쉬워하고 그리워하게 된다. 세월을 건너 지켜온 가치를 깨닫고 익숙한 데서 삶의 지혜를 발견할 수도 있지 않을까. 사람도, 사랑도, 물건도. 유후인의 그들처럼.

제가 지금 어디에 있나요?

제주 올레길의 방향 표지를 따라 걸으며

나는 길치다. 서너 번을 오갔던 길도 갈림길만 만나면 헷갈려 엉뚱한 길로 빠지기 일쑤다. 십 년 넘게 한자리에 있는 남편의 사무실을 못 찾아, 낯선 곳에서 전화를 걸어 "내가 지금 있는 이곳이 어디냐?"라고 묻는 나를 남편은 도무지 이해할 수 없다는 눈치다. 그래서 내게는 내비게이션이 필수품이 되었다. 여러 번 오가서 알 만한 길을 갈 때도 내비게이션의 안내를 받는다. 남편은 그럴수록 길을 더 익히지 못한다고 충고하지만 그래야 맘이 편하니 어쩔 수가 없다.

제주 올레길을 걷는 재미에 빠져 작년에도 세 번을 다녀왔다. 혼자, 딸아이와 둘이, 그리고 친구와 또 한 번 걸었다. 계절마다 풍경이 다르고 함께 걷는 길동무에 따라 조금 다른 느낌이지만 매번 행복하고 즐거웠다. 홀로 바닷바람이 온몸으로 스며드는 걸 느끼며 걸으면 외롭지만 그 외로움마저도 달콤하게 만들어 주는 풍경이 있다. 바다를 향해 선 빨간 등대가 나타나면 발을 멈추고 다시 허리를 곧추세우게 된다. 딸아이와 도란거리며 거닌 우도 서빈백사의 신비로운 바닷길은 절로 두 손을 잡고 거닐게 하는 마력이 있었다. 외돌개에서 지친 다리를 쉬며 친구들과 함께 바라본 석양 역시 오십 문턱을 넘어 선 우리 가슴을 뭉클하게 하는 찬란한 빛깔이었다.

올레길을 걷는 재미 중 하나는 길 안내 표지들을 찾으며 따라 걷는 것이다. 곳곳에 그려진 화살표는 정말 인상적이다. 올레길 코스를 시작점부터 종점까지 순방향으로 걷는 사람들은 파란색 화살표를, 종점에서 역방향으로 걷는 사람들은 주황색 화살표를 따라 걷도록 친절하게 안내되어 있다. 그런데 재미있는 것은 그 화살표들이 도로 표지판처럼 규격화된 것이 아니라 길가의 돌멩이, 전봇대, 길바닥, 돌담 등 주위 풍경들과 너무 자연스럽게 어우러져 있다는 점이다. 보물찾기하듯 기발하게 그려진 화살표를 찾아가며 걷는 것이 은근히 재미있었다.

화살표를 표시하기 어려운 산길에는 나뭇가지에 파랑과 주황, 두 가지 리본이 달려 있어 바람에 한들한들 멀리서도 길을 찾을 수 있도록 도와주었고, 중요한 갈림길에는 '사람 인(人)'을 모티 브로 한 나무 화살표가 서서 올레꾼을 기다리고 있었다. 그보다 더 친절할 수는 없다. 화살표의 친절한 안내를 받으며 길을 걷다 가 문득 이런 생각이 들었다. 10km 내외의 올레길을 걸을 때 만 나는 갈림길과는 비교도 할 수 없는 선택의 순간이 삶의 도처에 있다는 것. 힘겨운 선택의 기로에 섰을 때, 갈 길을 잃고 헤맬 때, 우리가 바라는 목적지에 이르도록 방향을 알려 주는 화살표가 있다면 얼마나 좋을까.

길은 한번 잘못 들면 다시 먼 길을 돌아가야 한다. 한순간의 선택이 너무 먼 길을 돌아가게 하기도 한다. 때로는 돌아오지 못 할 수도 있다. 그럴 때 누군가가 '이쪽은 당신의 길이 아니에요.', '좁은 길로 가세요. 이 길은 막다른 길이랍니다.'하고 파란 화살 표를 보여 준다면 좋겠다. 물론 누군가가 이끌어주는 대로 따르 는 수동적인 삶을 원한다는 건 아니다. 하지만 살다 보면 길이 막히거나 중요한 갈림길에서 주저하게 될 때가 있다. 옳은 선택 이라고 판단하고 열심히 나아갔는데 여기가 나의 길이 아니라는 걸 알았을 때 '내가 지금 있는 이곳이 어디냐'라고 되묻고 싶을 때가 있다.

이 또한 욕심임을 안다. 지금 걷고 있는 자갈밭을 얼마나 더 걸어야 평탄한 흙길이 나올지, 삶의 종점까지 남은 거리가 얼마

일지 아무도 모르고, 아무도 그것을 가르쳐 주지 않으리라는 것
도 잘 알고 있다.

　대학생이 되어 서울로 떠났던 둘째 아이가 방학을 맞아 집으
로 돌아왔다. 집에서만 지내기가 아쉬워 제주 올레길을 둘이 걸
어보기로 했다. 2학년이 되니 대학 생활에 어느 정도 적응을 한
듯하여 마음이 놓이던 참이었다.

　"엄마, 나 다시 입시 공부하는 거 어떻게 생각해?"

　생각지도 못했지만 어렵게 꺼낸 말이었음을 눈빛으로 알 수
있었다.

　"생물학 전공해서 뭐 먹고 살 거냐고 말하는 사람도 있는데,
지금 내 생각은 하고 싶은 공부해 보고 싶어."

　어릴 때부터 좋아했던 생물학이 아닌, 취업에 유리하다는 말
에 화학을 전공한 지 두 해째 되는 시기였다. 어쩌면 아이는 이
길이 자신이 가고자 했던 길이 아님을 깨치고 있는 것 같았다.
　올레길 안내 사항에 적힌 도움말은 이렇게 말하고 있었다.
　"걷다가 표지가 보이지 않거나 길을 잘못 들었다는 생각이 들

면 마지막에 본 지점까지 되돌아가서 찬찬히 놓친 표지가 없나 살펴보면 길을 다시 찾을 수 있습니다. 특히 갈림길에서는 먼저 표지를 살펴 주는 습관을 들이면 좋습니다."

혼자 고민했을 아이의 손을 잡으며 생각했다.

'살아가다가 길이 보이지 않거나 잘못 가고 있다는 생각이 들면 그 자리에 서서 당신이 놓친 중요한 가치가 없나 되새겨 보면 길을 다시 찾을 수 있습니다. 특히 중요한 결정의 순간에는 먼저 삶의 방향을 꼼꼼하게 점검하는 습관을 들이면 좋습니다.'

대학 진학을 결정해야 하는 중요한 시기에 우리가 놓친 가치는 '아이가 하고 싶은 것'이었다. 아이의 적성이나 흥미보다 취업의 유불리만을 따지며, 갈림길에서 길을 잘못 들어 2년의 세월을 보냈다. 하지만 허송으로 보낸 시간은 아니라고 본다. 앞으로 중요한 결정의 순간에 서게 될 때 더 신중하게 삶의 표지를 살필 것이기 때문이다.

"어제 우리 사진 찍느라 화살표 놓쳐서 바다 방향 안 가고 귤밭으로 갔다가 돌아온 거 생각나? 조금 되돌아가긴 했지만 다시 길을 찾았지? 다리는 좀 아팠지만 그 덕분에 귤도 얻어먹고. 그런 거야. 살다 보면 그럴 때가 있어."

아이가 촉촉해진 눈으로 웃었다. 그러고는 작은 돌멩이에 그려진 다음 화살표를 가리켰다. '그래, 그렇게 찾아가면 되는 거야.'

한바탕 울 만한 자리

칭짱 열차 타고 티베트로

　　몇 년을 벼르고 벼르다 용기를 냈다. 나이는 숫자에 불과하다고 하지만 오십에 혼자 떠나는 8박 9일 티베트 여행은 용기가 필요하다. 독립운동이 꾸준히 이어져 중국과의 정치적 문제로 예민한 상태이기도 했고, 해발 4,000m 이상을 오르내려야 하는 여정이다 보니 고산증에 대한 두려움도 있었다. 자유 여행은 절차가 복잡하여 티베트에 관심이 있는 10명이 인터넷으로 모였다. 사전 교육을 통해 티베트의 역사와 현재 상황, 그리고 언행을 주의하라고 안내 받았다. 고산증에 대비하여 약 처방도 받아 두었다.

　　떠나기 두어 달 전부터 티베트 여행기인 박완서의 ≪모독(冒

瀆≫을 시작으로 몇 권의 책을 읽으며 준비했다. 그런데 박완서는 "내 생에서 가장 고된 여행"이었다고 하며, 동전을 던지면 언젠가 다시 로마로 돌아오게 된다는 트레비 분수가 티베트에 있어도 동전을 던지지 않겠다고 말했다. 그만큼 힘든 여행이라는 것이다. 두려움이 더 커져 마음을 접으려고 했다. 그런데 다른 책에서 읽은 티베트 속담 한 구절이 마음을 뒤집어 놓았다. '내일이 먼저 올지 다음 생이 먼저 올지는 아무도 모른다.' 더 늦기 전에 보고 싶은 건 보고, 가고 싶은 곳은 가리라 다시 용기가 생겼다.

어차피 티베트 여행은 고행을 감수하는 것이라 각오하고 칭짱 열차로 중국 북경에서 티베트 라싸까지 48시간을 달려가는 여정을 선택했다. 흔히 하늘길을 달린다고 하늘 열차라고도 불리는 칭짱 열차는 해발 4,000m 이상인 구역이 960km나 되고 가장 높은 구간은 5,072m나 되는, 세상에서 가장 높은 지대를 달리는 기차다. 기차에서 이틀 밤을 보내야 하고 식사도 6끼를 해결해야 했다. 여행을 갈 때는 현지 음식 즐기는 것을 좋아해서 고추장이나 라면을 잘 챙겨 가지 않는 성격이지만 48시간 동안 분명히 입이 심심할 거라고 주위 사람들이 말을 보태, 결국 주전부리를 이것저것 챙겨 넣었다. 사탕과 초콜릿도 챙기고 커피도 넉넉하게 넣고 좋아하는 음악을 들으며 읽겠노라 책도 세 권이

나 챙겨 넣었다.

"好哭場, 可以哭矣!"
"울기에 좋은 곳이다. 가히 한바탕 울 만하겠구나!"

연암 박지원이 사신으로 북경을 가는 길에 요동 벌판을 보고
외친 첫 마디다. 좁디좁은 한양 바닥을 헤매던 조선 양반의 눈에
그 광활한 요동 벌판은 어떻게 비쳤을까? 한눈에 담을 수 없을
정도로 아득히 멀고 넓은 벌판-
연암은 말을 세우고 이마에 손을 얹으며 말했다.

"오늘에야 알겠다. 인생이란 본래 의지할 데 없이 단지 하늘을
이고 땅을 밟은 채로 이리저리 떠돌아다니는 존재로구나."

끝없이 아득하고 넓은 벌판에서 그는 인간이 얼마나 미미한
존재인지를 깨달은 것이다.

"사람은 슬플 때만 우는 것은 아니다. 기쁨이 깊이 스며들면
울음이 날 만하고, 분노가 막다른 지경까지 북받쳐 오르면 울음
이 날 만하고 즐거움이 극에 달해도 울음이 날 만하다. 또 사랑

이 가슴에 사무치면 울게 되고 욕심이 넘쳐도 울게 된다. 통하지 못하고 억눌린 마음을 후련하게 풀어버리는 데에는 목청을 높여 소리를 지르는 것보다 더 빠른 방법은 없다."

박지원의 ≪열하일기≫ 중 <호곡장기>

칭짱 열차를 타고 달리는 동안 끝없이 펼쳐진 창밖 풍경은 연암의 말처럼 가히 눈물이 날 만했다. 열차 복도의 넓은 창가에 앉아 있으면 심심한 입에 넣을 주전부리도 귀에 들려 줄 음악도 필요 없어지고, 책을 읽을 마음도 사라진다.

수목 한계선*을 넘은 고원에는 푸른빛이라고는 없는 천연의 흙색이 끝도 없이 펼쳐졌다. 하루를 꼬박 달려도 어제 그 모습 그대로였다. 풀 한 포기 품어 본 적 없을 것 같은 황량한 돌무더기 산과, 바람 한 줄기면 흙먼지가 일어 눈앞이 뿌옇게 흐려질 것 같은 흙바닥에 입을 대고 멈춰 선 야크 무리. 그 멈춘 발걸음이 가슴을 휑하게 하고 알 수 없는 서러움이 차오르게 했다. 가끔은 멀리 하얀 눈에 덮인 산들이 나타났다. 군더더기 하나 없이 단아하고 고결한 모습의 설산들을 보며 '고고(孤高)하다'라는 단어가 입에 내내 머물렀다. 속세에서 벗어나 홀로 깨끗하고 지조

---

* 건조하거나 추운 기후 등으로 인해 수목이 살지 못하는 한계선

있게 우뚝 솟은 모습, 저곳을 정복하려고 발을 딛는 것은 자연을 모독하는 일 같은 신성함마저 느껴졌다.

무엇보다 가슴 시리게 신비로운 것은 흙빛 고원과 설산, 그리고 여행 중 만난 티베트인의 피부색과 너무도 잘 어울리는 '하늘' 색이었다. 파래서, 너무 파래서 오히려 인위적으로 보일 정도의 하늘빛. 그것이 고원의 흙빛을 흙빛으로, 설산을 설산의 빛으로 느껴지게 하는 것 같았다. '저것이 진짜 하늘색이었구나.' 눈이 시리게, 가슴이 시리게 푸르른 코발트색 하늘은, 고산증이 불러온 두통으로 잠이 깬 새벽마다 수많은 별을 쏟아내어 또 한 번 나를 놀라게 했다. 내가 보고 있는 창밖의 풍경, 이것이 오롯한 태초의 모습이리라. 정말 한바탕 울어도 좋을 풍경이었다.

우리에게도 언젠가는 그날이

티베트 조장 터에서

티베트 라싸에서의 둘째 날, 간덴 사원 트레킹 중 조장 터를 지나가게 되었다. 조장이라는 말보다 천장(天葬)이라는 말이 더 와닿는다. 천장은 시신을 독수리에게 보시(布施)하는 티베트의 대표적인 장례 방식으로, 시신을 먹은 새와 함께 죽은 이의 영혼이 하늘로 떠난다고 믿는다. 생각하기에 따라서는 참 야만스럽고 미개하다고 여겨지기도 한다. 하지만 티베트는 고산지대라 공기 속 산소 수치가 낮고 건조해서 시신을 매장하여도 잘 썩지 않고, 땔감이 부족하여 화장하기도 쉽지 않다고 한다. 결국 천장은 척박한 환경에서 선택할 수 있는 최선의 장례 문화이다.

무엇보다 티베트인의 정신세계가 반영된 것이다. '태어난 인간은 늙지 않을 수 없고, 늙은 인간은 죽지 않을 수 없고, 죽은 인간은 다시 태어나지 않을 수 없다.'라는 경전의 가르침을 품고 살아가는 티베트인에게 삶과 죽음은 어떤 의미일까? 불교의 윤회 사상을 믿는다면 다음 생을 기약할 수 있으니 영혼이 떠난 육신의 빈 껍데기를 던지고 훌훌 떠날 수 있을 것이다.

하지만 티베트의 어떤 스승은 티베트인의 소원이 윤회 사상에서 벗어나는 것이며, 고통스러운 삶을 다시 되풀이하지 않기 위해 오체투지 같은 힘든 수행을 감수한다고 했다. 그렇다면 '죽은 인간은 다시 태어나지 않을 수 없다.'라는 말이 다시 태어날 수 있어서 다행이라는 걸까, 다시 태어나지 않고 싶다는 걸까. 티베트인은 생일을 기억하는 데 큰 의미를 두지 않는다. 태어난 날을 기억하는 것보다 죽을 날을 알 수 있도록 수행하는 것이 더 중요하다고 믿기 때문이다.

그들의 정신세계를 온전히 이해하기는 어렵다. 그럼에도 독수리에게 온몸을 맡기고 독수리가 하늘로 올라가 산화할 때 함께 자연으로 돌아간다는 믿음은 환경의 영향을 떠나 표현하기 어려운 강렬한 메시지를 남긴다. 순수한 영혼들이 알 수 없는 죄를 지어 갇힌 감옥이 육신이라더니, 그 업보를 다하고 영원불멸의 피안(彼岸)으로 떠나는 의식 같기도 하다.

언덕배기에 엉덩이를 붙이고 앉아 조장 터를 내려다보았다. 어디서부터 따라온 것인지 황구 한 마리가 바닥에 입을 대고 먹을 것을 찾는다. 죽음의 공간에서 만난 배고픈 황구 한 마리. '죽음이 삶을 껴안'고 있다는 고은 시인의 시구가 생각났다. 죽음과 삶은 참 가까이에 있는 듯하다.

조장 터에는 칼이며 도끼 등 천장사가 사용했을 도구들이 어지럽게 흩어져 있었다. 트레킹에 동행한 젊은 여자가 천장 터 한가운데 자리에 반듯이 누웠다. 영혼을 떠나보낸 육신이 이생에서의 마지막 흔적을 지우던 곳에 죽은 듯이 누워 있다. 거기서 바라보는 티베트의 하늘은 어떤 느낌일까 궁금했지만 그럴 용기가 나지 않았다.

멀찍이 앉아 있던 나는, 지금 내가 앉은 이곳이 어쩌면 유족들이 앉아 있던 곳은 아닐까 하는 생각이 들었다. 발 아래 하얀 뼛조각들이 서걱거리는 소리를 내었다. 옆에 있는 봉수대 같은 곳에 시신 일부를 태워 연기를 올리면 그 냄새를 맡고 독수리들이 새까맣게 몰려들어 천장사가 시신을 조각조각 나누어주기를 기다린단다. 천천히 주위를 돌아보니 머릿속에 한 번도 본 적 없는 천장의 장면들이 자꾸만 그려졌다. 끔찍하고 혐오스럽다기보다는 마음이 경건해졌다. 동행한 길벗들도 이 죽음의 장소에서 제각기 자신의 삶을 돌아보는 듯했다. 죽음을 통해 삶을 바라보는 시간이었다.

티베트 속담에 '비둘기는 밤새도록 잠자리를 만들다가 결국 잠들기 전에 아침을 맞는다.'라는 말이 있다. 소중한 삶의 하루하루를 돌아보게 된다. 티베트 비둘기처럼 내일만을 준비하며 오늘을 보내고 있지는 않은지, 일어나지도 않은 일을 걱정하며 시간을 낭비하고 있지는 않은지 생각해 본다. 당장 내일보다 다음 생(生)이 먼저 올지도 모른다고 생각하면 순간순간이 더 소중해진다. 사랑한다는 말, 보고 싶다는 말도 아끼지 말고 표현하며 사는 게 좋겠다. 미루고 또 미루다 보면 끝내 전하지 못할 수도 있으니.

우리에게도 언젠가는 그날이 올 것이다. 하지만 두려워할 필요는 없다. 고은 시인의 표현처럼 이 세상엔 삶과 죽음이 공존하고, 죽음은 우리가 아무리 돌을 던져도 도망가지 않을 테니 말이다. 좋아하는 연극 중에 <염쟁이 유씨>라는 작품이 있다. 평생 시신 염하는 일을 하며 살아온 염쟁이 유씨는 말한다.

"죽는 거 무서워들 말어. 잘 사는 게 더 어렵고 힘들어."

맞는 말이다. 우리는 죽음을 두려워한다. 하지만 아이러니하게도 죽음이 있기에 삶이 더 귀하고 소중하다는 것은 잘 모르는 것 같다.

나의 숨소리를 듣는 시간

몽골의 하늘 그리고 멍때리기

티베트 여행을 다녀온 후 지도를 볼 때마다 티베트 근처에 있는 몽골에 눈이 갔다. 초원과 게르, 칭기즈 칸이 몽골에 대해 아는 전부였지만 다음 여행지 후보로 미얀마, 스리랑카와 함께 상위 목록에 올려 두었다. 생각해 보니 훨씬 오래전부터 몽골 여행을 꿈꿨던 것 같다. 이동순 시인을 모시고 문학 동아리 아이들과 작가 초청 문학 강연회를 연 적이 있었다. 시집 ≪발견의 기쁨≫을 막 출간한 2009년쯤이었다. 몽골 여행을 열 번 넘게 다녀온 시인이 자전거를 타고 몽골 대초원의 곳곳을 다닌 경험과 그 기쁨을 시로 묶어낸 것이었는데 그러다 보니 강연의 대부분을 몽골 예찬으로 채웠다. 시인에게 늪과 같았다는 몽골, 그곳을 언젠가 가 보리라 생각했다.

'별을 보러 몽골에 간다고 하면 뭐라고 할까? 별이 거기에만 있냐고 하겠지. 다른 이유가 분명히 있다고 생각할 거야. 뭐라고 대답하지? 진짜 다른 이유는 없는데.' 가족에게 몽골에 대한 말을 꺼내기 전에 혼자 중얼거렸다. 몽골 여행기에는 별 이야기가 많았다. 사방이 탁 트인 초원에서 밤하늘을 올려다 보면 우주에 둥둥 떠 있는 듯하다나. 일단 가 보자.

몽골행 티켓을 끊고 현지 가이드를 알아보며 만반의 준비를 했다. 여행을 떠날 때마다 나름의 규칙이 있다. 그중 하나는 일정이 아무리 바빠도 꼭 해보고 싶은 일이나 꼭 가봐야 할 곳 등 두어 가지를 정해 미리 수첩에 적는 것이다. 그것이 여행의 이유가 되기도 하고 콘셉트가 되기도 한다. 예를 들면 둘째 아이와 떠났던 대마도 여행은 '덕혜'와 '산책'이었고, 친구들과 떠난 통도사 여행은 '저녁 예불 시간 법고 소리 듣기'였다. 티베트 여행 수첩에는 '파란 하늘에 나부끼는 오색 깃발 룽타 보기'가 적혔다면 이번 몽골 여행은 '쏟아지는 별 아래서 밤새 멍때리기'를 적었다. 시작은 그랬다.

저녁 하늘을 떠오른 울란바토르행 비행기는 네 시간을 날아 칭기즈 칸 국제공항에 도착했다. 현지 시각으로 밤 11시가 넘은 상황이라 살짝 겁이 났다. 여행 경험이 있어도 오랜만에 혼자 떠나는 여행이라 그런지 가이드를 찾으며 설렘보다는 두려움이 컸다. 다행히도 현지 가이드 아가씨는 한국에 몇 번 다녀온 적이 있다며 유창한 한국어 실력을 보여 주었다. 자기도 아버지가 일하러 가신 한국에 살고 싶다며 첫 만남부터 귀여운 수다쟁이가되어 다정하게 대해 주었다.

몽골 여행 대부분은 게르에서 묵었다. 원형으로 지어진 게르에는 벽 쪽으로 세 개의 1인용 침대가 놓여 있었는데, 옛날 할머니 집에서 본 것 같은 빨간 체크무늬 담요가 친근하고 정겨웠다. 게르 중앙에 있는 난로를 가로질러 낯선 여행객들과 인사를 나누었다. 장작 몇 개에 공기가 훈훈해져 여독이 스멀스멀 올라왔다. 새벽녘에는 어떤 아저씨가 잠금장치도 없는 문을 열고 들어와 장작을 더 넣어주셨는데 잠결에 인기척을 느낀 우리도 아저씨도 거리낌이 없었다. 그의 노고 덕분에 게르가 다시 따뜻해진데 안도할 뿐이었다.

게르에서의 첫날은 별보다 잠이 먼저였지만 다음날엔 이른 저녁을 먹고 게르 앞에 놓인 나무 의자에 앉아 하늘을 올려다봤다. 무슨 심술이 났는지 잔뜩 구름이 껴 있었다. 그래도 나쁘지 않았다. 내 생에 처음 마주한 몽골의 밤하늘이기에. 게르 몇 동만 덩그러니 놓인 벌판에 앉아 구름 사이로 희미하게 흘러나오는 달빛만 봐도 충분히 달콤한 밤이었다.

알고 있던 대로 몽골은 물이 귀한 곳이었다. 누군가 아침에 집에서 하던 대로 뜨거운 물로 여유롭게 샤워했는지 뒷사람들이 쓸 물이 모자랐다. 차가운 물을 조금 받아 고양이 세수를 하고 머리를 질끈 묶는 수밖에 없었다. 몽골에서는 며칠간 샤워 대신 물티슈 한 장으로 세수할 각오를 해야 한다는 여행객의 후기가 실감 났다.

가이드의 소개로 현지 유목민의 게르를 방문하기로 했다. 여행을 갈 때는 현지인이나 다른 나라 여행객에게 줄 작은 선물을 여유 있게 준비해 가는 편이다. 이번에도 한국적인 열쇠고리와 깨끗한 천 원짜리 지폐와 동전, 한글이 적힌 카드를 챙겼다. 혹시나 해서 아이들을 위한 공책과 과자도 챙겼는데 마침 예닐곱 살 남짓한 아이가 있는 집이라고 해서 다행스러웠다.

내 선물이 마음에 드는지 공책을 꼭 안은 아이는 씻지 않은 얼굴에 얼룩이 잔뜩 묻어있었지만 너무 귀엽고 사랑스러웠다. 벽에 있는 사진에서 자신의 어릴 적 모습을 가리키며 뭔가 자랑 섞인 이야기를 하고 싶은 듯했다. 아이의 손짓과 웅얼거리는 말에 무조건 미소를 띠며 고개를 끄덕였더니 아이도 따라 웃었다.

아이 엄마의 손이 분주했다. 통하지 않는 말 대신 웃음으로 소통하며 수태차와 우유로 만든 과자인 아롤을 내주었다. 만든 정성과 내어주는 마음을 생각해서라도 맛있게 먹는 모습을 보여주고 싶었지만 아롤은 너무 딱딱해서 맛을 느끼지도 못하고 입에 문 채로 분위기만 즐겼다. 고마움도 미안함도 표정으로 보여줄 수밖에 없었지만 그녀 역시 다 이해할 수 있다는 마음으로 고개를 끄덕였다.

여정에 따라 숙소를 옮겨 두 번째로 묵게 된 게르는 관광객을 전문적으로 받는 곳이라 규모도 크고 시설도 좋았다. 게르마다 전기 시설이 되어 있어 불편함이 없었고, 식당도 넓어 차려내는 음식도 다양했다. 오지 여행 중에 겪는 결핍과 불편을 기꺼이 즐기는 내 취향이 유별난 건지 모르겠지만 현대식으로 꾸며낸 어설픈 문명이 오히려 어색했다.

사진작가들도 은하수 사진을 찍으러 몽골을 많이 찾는다. 하지만 이번 여행에서 유독 별들이 야박했다. 몇몇 밤은 구름이 너무 많아 별들이 다 숨어버렸고, 몇몇 밤은 달이 너무 밝아 별이 빛을 내지 못한다는 말을 들었다. 새벽녘에 별이 더 잘 보인다는 말에 몇 번이고 게르 안팎을 들락거렸지만 헛일이었다.

하지만 몽골의 하늘이 별만 품고 있는 건 아니었다. 감탄을 금치 못했던 지평선의 저녁노을과 이른 새벽 짙푸른 하늘빛, 초원의 장엄한 해돋이까지 몽골의 하늘은 충분히 관대했다. 더구나 마침 같은 숙소에 천체를 연구하는 전문가가 묵고 계셨는데 그분이 가지고 온 망원경 덕분에 멋진 달구경도 할 수 있었다. 망원경 렌즈 속 달을 휴대전화 카메라로 찍어와 친구들에게 보여 주었더니 내가 직접 찍은 것이라고 아무리 설명해도 믿어주지 않았다. 억울한 구석도 있지만 믿기지 않을 만큼 경이롭다는 것으로 받아들이기로 했다.

돌아오기 전날, 울란바토르에서 남는 시간을 의미 있게 보낼 코스로 전통 음악 공연장을 추천 받았다. 굳이 의자가 촘촘히 들어앉은 공연장 한가운데 자리를 잡은 걸 후회했다. 마두금 연주가 이어지는데 심장이 뛰고 온몸에 전율이 느껴져 정신을 차릴 수가 없었다. 가슴이 너무 뛰어 연주 중간에 밖으로 나가고 싶은 충동이 생길 정도였다. 뭐라 설명하기 어려운 경험이었다. 영혼을 울리는 듯한 애달픈 소리가 나지막하게 가슴을 파고들어 심금을 휘저어 놓은 것이다.

공연이 끝나고 여행지에서 만난 몇몇 사람들과 함께 간 식당에서도 그 여운이 남아 결국 화장실로 달려가 꺼이꺼이 울고 말았다. 낯선 무서움이었다. 가이드가 달려와 등을 다독거려 주며 무슨 일이냐고 물었지만 설명할 방법이 없었다. 특별히 그때 응어리진 사연이 있었던 것도 아닌데 그런 모습을 보인 것이 머쓱했다. 나이가 지긋하신 한 분이 감정이 섬세한 사람은 그럴 수 있다는 말로 위로해 주었다. 낙타를 울게 한다는 소리, 아픈 영혼의 상처마저 치료해 준다는 마두금 소리가 어쩌다 그런 벽참과

떨림을 주었는지 알 수 없는 일이었다.

여행에서 돌아오는 길에 생각했다. 원래 이번 여행에서 원했던 것은 별이 쏟아지는 밤하늘을 보는 것이었지만 원하던 풍경 속에 잠길 수 없었다. 하지만 한 걸음만 들어가 보면 내가 원한 것은 별 자체가 아니라 무언가에 몰입하는 시간이 아니었을까. 까만 밤하늘에 점점이 박혀 빛을 내는 별을 보며 상념을 떨치고, 달리고 달려도 또 달려야 하는 삶을 잠시 잊고 싶었던 건 아니었을까.

멍때리기는 아무것도 생각하지 않고 주위 자극에 반응하지 않는 상태를 말한다. 대회까지 있다고 하니 멍때리기가 쉽지만은 않은 모양이다. 그런데 의외로 관심이 많다는 걸 보면 바삐 사는 사람들에게 필요한 일인 듯하다. 잡념을 막고 어느 한 곳에 모든 정신을 집중하는 것을 몰입이라고 한다. 하나를 얻고 전부를 잊는다? 어쩌면 종국에는 그 하나까지 잊고, 나 자신마저 잊는 무념무상에 이른다면 멍때리기와 몰입은 통하는 면이 있어 보인다.

오랜만에 만난 한의사 친구가 십수 년째 고3 아이들의 진학 지도로 지쳐 있는 나에게 말했다.

"가끔 눈을 감고 가만히 너의 숨소리를 느껴봐. 천천히 집중해서."

　친구의 조언을 듣기 전까지는 바깥 소리를 듣느라 내 숨소리에 귀 기울여 본 적이 없었다. 천천히 날숨과 들숨에 집중하다 보니 머릿속이 고요하고 평온해졌다. 몽골에서 보낸 시간은 내 숨소리를 듣는 시간이었다. 동서남북 어디를 둘러봐도 지평선이 보이는 초원을 몇 시간씩 달리며, 덜덜거리는 버스 안에서 할 일은 멍을 때리는 것뿐이었다. 그저 이 넓은 벌판에서 방향 감각을 잃지 않고 사는 사람들이 신기할 뿐이었다.

　모래바람을 맞으며 사막을 걸을 때도, 초원 건너 솟아오르는 아침 해의 빛살과 석양의 붉은 유혹에 빠져 호흡이 멎을 만큼 황홀한 순간에도, 심지어 가죽조끼를 입은 야성미 넘치는 사나이에게 말고삐 한 줄을 맡기고 그가 이끄는 대로 개울과 숲속을 달릴 때도 나는 그 순간에 몰입했다. 익숙한 시공간을 떠나 낯선 자연 속에서 생각을 비우고 오직 숨소리에 귀를 기울였다.

　멀찍이 떨어져 걷다 다시 일상으로 돌아온 나는, 활력 넘치는 열아홉 살 아이들 틈에서 다시 숨이 차오른다. 하지만 알고 있다. 이 소리 역시 내가 귀 기울여 들어야 하는 소리임을. 그리고 그 속에 아이들 역시 가쁜 숨을 몰아쉬고 있다는 것을.

함께하는 순간순간이 우리 인생에 얼마나

찬란하고 소중한 기억이 될지 모르고 한다.

마주 보면 그 눈 속에 사랑이 있다.

가족은 무엇으로 자라는가

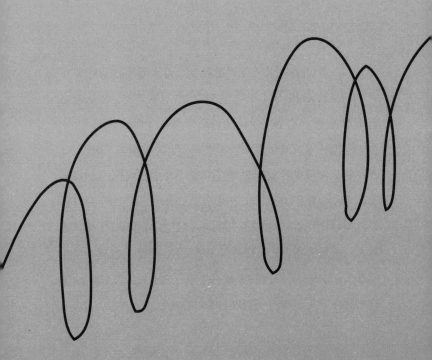

이 남자와 결혼하면 공유를 포기해야 해?

        인디언 마을에서 추장의 며느리를 정하는 방법에 대한 이야기를 들은 적이 있다. 혼기가 찬 신부 후보들을 옥수수밭에 모아 큰 옥수수를 하나씩 따오게 하는 것이다. 가장 큰 옥수수를 따온 아가씨가 훌륭한 신랑과 결혼하게 된다. 그런데 여기에 중요한 규칙이 있다. 한번 선택한 옥수수는 버릴 수 없다는 것과 옥수수밭을 가로질러 곧장 앞으로 나아가되 한번 지나온 길은 다시 돌아갈 수 없다는 것이다. 그런데 이상하게도 대부분의 아가씨들이 빈손으로 밭을 나오게 된다. 제법 굵은 옥수수를 발견하고도 혹시 저 앞에 더 큰 옥수수가 있을지도 모른다는 생각 때문에 선뜻 결정을 못하기 때문이다.

어떤 며느리를 찾기 위한 것일까? 알 수 없는 앞날에 대한 환상을 버리고 현실에 충실한 사람, 적절히 만족할 줄 아는 지혜로운 사람을 원하는 것일까? 옥수수 앞에서 고민했을 아가씨들의 마음에 대해서도 생각해 본다. 제법 굵은 옥수수를 발견하고는 꺾을지 말지 얼마나 고민했을까. 그러다 결국 빈손으로 나온 아가씨는 승자의 옥수수가 자신이 포기한 옥수수보다 작다는 걸 알게 되고 얼마나 후회했을까.

살아가다 보면 딜레마(dilemma)에 빠질 때가 있다. 어쩌면 삶은 끝없는 선택의 연속이니 딜레마의 연속일지도 모르겠다. 둘 중 하나만 선택해야 하는데, 어느 쪽을 선택해도 바람직하지 못한 결과가 나올 수 있다. 작게는 음식을 주문하거나 물건을 살 때도 그렇고, 인생의 방향을 바꿔 놓는 중요한 결정의 순간에도 그렇다.

우리가 고민하는 진짜 이유는 하나를 선택하는 대신에 나머지 선택지를 모두 버려야 하기 때문이 아닐까. 한 남자와 결혼하기로 결정하면 현빈도 공유도 모두 포기해야 하니까. 모두를 가질 수 있다면 선택을 고민할 필요가 없다. 선택이 잘못된 것 같을 때 다시 물릴 수 있다면 고민의 강도는 약해진다. 하지만 번복할 수 없이 하나만 선택해야 한다면 신중할 수밖에 없다.

7년의 연애와 31년의 결혼 생활. 인생의 절반을 넘게 우리는 함께 살았다. 돌이켜 보면 참 알 수 없는 일이다. 도시에서 태어나 줄곧 도시에서만 살아온 그는, 극장도 목욕탕도 없는 산골에서 태어나 도시로 유학 온 촌뜨기인 나와 물건을 고르는 안목부터 식성, 취미, 성격까지 참 많이 다르다. 그런 우리가 서로를 사랑하여 결혼을 하고 '부부'라는 이름으로 묶여 산다는 것이 신기하다.

그는 집에 혼자 조용히 있기를 좋아하고, 꼭 필요한 말이 아니면 굳이 하지 않는다. 그런데 그 '꼭 필요한 말'이라는 것도 자신의 판단으로 내려지다 보니, 가끔은 꼭 해야 할 말인데도 침묵한다고 느껴질 때가 있다. 그래서 그의 별명은 '침묵 씨'이다. 옷을 고르는 안목도 달라서 내가 혼자 쇼핑해 오면 열에 아홉은 그의 마음에 들지 않았다. 이런 우리가 어찌 만나 부부가 된 것일까?

선배 언니와 침묵 씨 사이에 낀 나는, 처음에 분명히 '향단'이었다. 결과만 놓고 보면 향단이가 이도령을 만나 결혼한 셈이랄까. 물론 향단이가 욕심이 나서 도련님을 유혹한 게 아니라 -물론 그럴 주제도 못 되지만- 도련님이 먼저 향단이를 제 짝이라 여기고 변심한 것이니 향단이를 탓하진 않아도 된다. 가끔 결혼 생활이 힘들 때는 '그때 이도령을 만날 게 아니라 방자를 찾아야 했는데.' 싶을 때도 있다.

오래전에 남자는 화성에서, 여자는 금성에서 온 너무 다른 종

(種)이란 책을 읽었다. 서른 해 가깝게 자기 방식대로 살아온 남녀가 난데없이 한 지붕 아래서, 한솥밥을 먹으며, 한 이불을 덮고 다툼 없이 산다는 건 어쩌면 불가능한 일이다. 소설 같은 이야기로 이십 대를 보내고, 서로 다른 성격으로 상처를 주고받으며 폭풍 같은 삼십 대를 보내고, 이제 사십 대를 넘어 오십 중반에 와 있다.

세월 덕분이다. 다른 별에서 온 남녀가 조금씩 닮은 기쁨과 슬픔을 찾아간다. 큰아이 채영이의 열병에 '함께' 밤을 지새웠고 둘째 아이 채원이의 첫걸음마에 '함께' 감동했으며, 부모님의 죽음 앞에서 '함께' 눈물을 흘리며 슬픔을 이겨냈다. 분명히 다른 곳에서 온 사람들인데 어느새 같은 곳을 향해 가고 있다. 또한 알고 있다. 우리의 마지막 날에 옆을 지켜줄 이가 누구인지. 서로 다른 성격을 인정하며 사는 법, 조금씩 양보하며 사는 법, 지면서도 이기는 법을 세월에게서 배운 덕분이다.

인생은 속으며 사는 거란다. 속지 않으면 못 산단다. 내일은 오늘보다 나으리라, 시간이 좀 더 지나면 나아지리라. 자신을 속이며 사는 것이 인생이란다. 속고도 또 속을 줄 아는 것이 인생이란다. 우리 침묵 씨가 수다 여사에게 물들어 함께 수다를 떠는 날이 오리라 믿으며 또 한 번 속아 본다.

"오늘 출근길에 라디오에서 들었는데……조잘조잘."

"5층 용민이네 이사 간다는데……조잘조잘."

30분에 한 번씩 '응'으로 돌아오는 그의 메아리에 만족하며 오늘도 수다 여사는 백 점 맞은 아이처럼 재잘거린다. 어쩌겠는가. 이제 와서 이도령을 방자 만들 수 없으니.

무뚝뚝한 침묵 씨로 결정하고 잘생긴 남자 현빈을 포기하는 순간 누군가 "이게 최선입니까?" 하고 물어오면 '이 상황에서는 나의 결정이 최선'이라고 자신 있게 말해야 한다.

커피믹스밖에 탈 줄 모르는 침묵 씨를 결정하는 대신 세상에서 가장 작은 카페 주인 공유를 포기하는 순간에도 마찬가지다. 미련 때문에 뒤를 돌아보느라 나의 선택에 최선을 다하지 못하는 어리석음을 이제는 포기할 때가 됐다.

그중에 그대를 만나

　늦은 나이에 진학한 대학원 야간 수업은 일주일에 두 번씩 밤 10시가 되어야 끝이 난다. 얼른 돌아가 눕고만 싶다. 집에 도착할 즈음 남편에게 전화가 왔다. 집 앞에 그가 가끔 가는 바에 있으니 잠시 들렀다 가란다. 몸은 피곤했지만 그의 목소리가 다정하게 끌렸다. 일찍 도착해서 나를 기다리는 동안 인상 좋은 사장님께 무슨 부탁을 해 두었는지 둘만의 대화가 속닥속닥 오간다. 맥주 한 잔씩을 앞에 두고 나란히 앉았다. 밤늦게 맥주 한 잔이 가볍게 생각날 때 같이 들렀던 곳이기도 했고 무엇보다 듣고 싶은 음악을 들려주어 좋아하는 곳이었다.

　이선희의 '그중에 그대를 만나'로 시작된 음악이 '시작되는 연인들을 위해'를 거쳐 '아내가 돼줄래'로 이어졌다. 그제야 눈치를 챘다. 만남부터 연애, 갈등과 고비, 결혼까지 이어지는 우리의 이야기를 노래로 엮어 사장님께 부탁한 모양이다. 오늘이 둘(2)이 하나(1)가 된 날을 기념한다는 5월 21일 부부의 날이라고 준비한 이벤트였다. 왜 그런지는 모르겠는데 매년 이날에 의미를 두고 어떤 식으로든 이벤트를 해 주었다. 어느 해는 친구 부부를 초대하여 같이 케이크 촛불을 붙이기도 하고, 한밤중에 떠나 다음 날 돌아가는 짧은 여행을 가기도 했다.

사장님이 기념으로 가지고 가라며 그가 신청한 노래 메모지를 건네주셨다. '갈등'과 '혼자 남은 밤'을 지나 '백 년의 약속'을 거쳐 '고맙소'로 끝이 나는 이야기다. '아내가 돼줄래' 다음에 적힌 '갈등'과 '혼자 남은 밤'을 보니 옛날 기억이 떠올라 웃음이 났다. 지금 생각하면 대부분은 별것도 아닌 일이지만 그때 우린 왜 그렇게 서로를 힘들게 했을까. 그는 무리해서라도 새로운 사업을 벌이고 싶어 했고, 나는 경제적으로 안정된 생활을 원했다. 40대에는 뒤늦게 시작한 운동에 빠져 집보다 바깥에서 에너지를 얻는 그를 이해하지 못했다.

"테니스와 나, 둘 중에 하나를 선택해요."

극단적으로 나서면 그가 주춤할 줄 알았다. 하지만 그의 대답은 예상외로 생각할 시간을 달라는 것이었고 며칠 뒤 돌아온 대답은

"아무리 생각해 봐도 테니스를 그만둘 수는 없어, 미안해."

였다. 지금도 생생하게 기억나는 순간, 돌이켜 보면 그때 나의 대답도 예상외였다.

"당신이 그 정도로 좋아한다고 생각 못 했어요. 그 정도라면 해야겠지요."

지금도 주위에 테니스를 시작하는 사람이 있으면 그때 내가 테니스에게 1패를 당한 이야기를 들려주며 그것은 정말 위험한(?) 운동이라고 말해 준다.

그렇게까지 테니스를 좋아하던 그가 운동을 일 년간 끊은 적이 있다. 갑자기 내게 온몸의 장기를 침범하는 희귀한 자가면역질환 중 하나인 스틸병이 발병했기 때문이다. 이불만 살짝 움직여도 통증이 느껴질 만큼 힘들어하는 나를 위해 그는 침대 아래 바닥에 이불을 깔고 일 년을 지냈다. 다른 방에 가서 자라고 권

해 보아도 혹여 깊은 밤 나 혼자 고열과 통증에 시달릴까 봐 내 손이 닿는 거리에 있고 싶다고 했다. 그 시기엔 어떤 것도 그와 나 사이에 끼어들지 못했다.

옛 추억에 빠져있는 사이에 음악은 '백 년의 약속'으로 이어졌 다. 힘들 때 너를 만났고 사는 게 바빠 잘해 주지도 못했다는 고 백으로 시작된 노래는 백 년도 안 되는 짧은 세상을 살면서 한 번이라도 널 위해 살고 싶다는 약속으로 이어졌다. 지친 몸도 마 음도 힐링이 되는 시간이었다. 은은한 조명 아래 흘러나오는 이 야기와 음악, 맥주 한 잔, 무엇보다 나란히 앉은 그가 있으니.

그의 달콤함은 언제부터였을까? 아픈 아내에 대한 안쓰러움 에서 비롯된 것일까? 어쩌면 그는 처음부터 그랬던 것 같다. 갈 등과 다툼도 있었지만 여행 욕심이 많아 시간만 나면 떠나고 싶 어 하는 나를 늘 응원해 주던 남자, 인도와 티베트 등 오지로 향 하는 배낭을 꾸릴 때마다 가는 길을 배웅해 주며 용감하게 길을 떠나는 내가 오히려 자랑스럽다고 말해 주는 사람이었다.

두고 온 아이들이 걱정되어 전화하면

"여행을 갔으면 집은 잊고 그곳에 집중하라."

며 꾸짖어 주던 남자였다. 비싼 학비를 들여가며 현실적으로 는 쓸데가 없는 인문학 공부를 위해 대학원에 들어간 나를 격려 하고 칭찬하며 케이크에 불을 붙여 주는 남자였다.

부부의 사랑은 붉은 색이 점점 옅어지고 긴 시간 함께해 온 '정(情)'만 남는다고 한다. 맞는 말인 듯도 싶다. 부부라는 이름으로 오랫동안 함께 살아가는 힘은 한순간 뜨겁게 불붙는 열정보다도 더 짙고 끈끈한 정이 아닐까. 삶이라는 긴 여정을 나란히 걸어가는 단짝 길동무이니, 함께 걷는 동안 찐한 벗의 우정이 생길 수밖에. 그의 이벤트에 대한 고마움을 담아 나도 한 마디 건네 본다.

　'그중에 그대를 만나' 나도 '고맙소'.

불질 없이 부질없이

       주인을 못 찾은 100억대의 로또 당첨금이 다음 주로 이월되어 1등 당첨금이 200억대를 넘길 거라는 남편의 목소리는 쇼호스트처럼 높은 음계였다. 마치 그 돈이 다음 주면 자기 주머니에 들어올 것처럼 흥분했다.

       "정말 돈벼락이다, 그 정도면. 어제 꿈도 좋았는데 나도 한번 해볼까?"

       예의상 그냥 해 본 대답이었는데 그의 반응이 적극적이었다.

"어떤 꿈이야? 말해 봐. 빨리빨리!"

예지몽으로 몇 차례 실력 발휘를 한 적이 있었기에 내 말을 들은 그의 눈이 빛났다.

원래 나는 꿈을 잘 꾸는 체질이고 가끔은 흔치 않은 꿈을 꾸기도 한다. 부모님이 병환 중이실 때도 전날 꿈자리에서 이별을 짐작하고 새벽바람에 달려가 두 분의 임종을 다 지킬 수 있었다. 태몽도 참 신기했다. 두 아이 모두 임신한 사실을 꿈에서 먼저 알았고 성별도 이미 알고 있었다. 아이의 이름도 태몽과 연관지어 지었으니 남편은 내 꿈의 예지력을 확신하는 편이다.

"주변 산들이 불길에 휩싸였어요. 나는 산꼭대기에 올라가서 불길을 보며 소리를 지르고 있었고요. 근데 무서워서 지르는 비명이 아니고 이글거리는 불길이 춤을 추는 것 같아서 환호를 질렀다니까요. 신기하죠? 진짜 진짜 멋있었어요."

"멋있는 게 문제가 아니고, 그건 대박 꿈이야. 정말 대박 꿈이야."

꿈 이야기를 들은 그의 목소리는 '전 품목 품절', '마감 임박'을 알리는 쇼호스트의 목청이었다. 그러고는 곧 점퍼를 꺼내 입었다.

"같이 가야 해. 당신 꿈이니까 당신이 사야지. 빨리 가자."

백 점 받은 아이를 칭찬하듯 기특하다는 눈빛으로 외투까지 걸쳐 주며 재촉하는 그는 신혼 때처럼 다정하고 친절했다. 그렇게 우리는 늦은 밤 외출을 하여 가족들의 생일과 전화번호, 결혼 날짜 등 45개의 숫자 가운데 우리에게 의미 있는 여섯 놈을 가려 로또를 사 들고 돌아왔다.

그 후 며칠 동안 밥상머리에서도, 베갯머리에서도 우리의 화제는 온통 로또 당첨금 200억이었다. 당첨금을 언제 어떻게 수령할지, 세금은 얼마나 내는지, 어떻게 쓸 것인지 등을 진지하고 행복하게 의논했다. 형부의 실직으로 형편이 어려워진 언니네도 돕고, 동생도 월세에서 전세로 옮겨 주어야지, 조카 대학 등록금도 한번 내주고 용돈도 주어야지, 우리 집 아이들도 남들처럼 해외 어학연수 한번 근사하게 보내볼까.

추첨일 전날 결국 우리는 본격적으로 종이 위에 행복한 돈 나누기를 시작했다. 우리 집 형제자매 7명에게 가구당 1억씩 7억, 남편 쪽 3남매에게도 1억씩 3억, 넓은 평수 이사 비용으로 10억, 자선 비용으로 3억을 지출하며 하룻밤 사이에 20억이 넘는 돈을 써버렸다. 작은방 장판 색깔까지도 취향이 달라 다투던 우리가 이렇게 일사천리 마음이 착착 맞다니 참 행복한 밤이었다.

하지만 모든 것이 참 부질없는 짓이었다는 것을 알게 되는 데 오랜 시간이 걸리지 않았다.

"뭐야, 이게? 당신 꿈 발 다 죽었네."

친정 부모님의 죽음도, 두 딸아이의 태몽도, 언니의 국가고시 결과까지도 다 맞힌 내 꿈의 효력이 이제 다 됐다고 남편은 빈정대며 따졌다. 마치 자신의 200억을 내가 다 까먹은 것처럼 억울해하며 허탈해했다.

다 부질없는 짓이었다. 칼 한 자루, 호미 한 자루를 얻기 위해 대장간에서는 고된 풀무질과 담금질을 한다. 쇳덩어리 하나가 뜨거운 불길 속에서 다듬어지고 반복적인 담금질 끝에 단단한 연장이 되는 것이다. 그 수고와 노력, 뜨거운 '불질 없이' 얻어진 연장은 쉽게 부서지고 휘어져 제 기능을 하지 못한다. 러시아 속담에도 '공짜 치즈는 쥐덫에만 놓여 있다.'라는 말이 있다. 그저 얻어지는 것은 없으며 무엇을 얻고자 할 때는 반드시 대가가 따른다는 가르침이다.

옛날 중국의 어느 왕은 백성들에게 교훈이 될 만한 글을 정리해 오라는 명을 내렸다. 학자들이 세상의 모든 지식을 모으고 모아 정리한 책 12권을 들고 갔지만, 분량이 너무 많다고 하여 다시 한 권으로 간추렸다. 하지만 왕은 그것도 많다며 한 마디로 줄여오라고 명령했고, 마침내 왕을 흡족하게 한 문장이 탄생했다. '세상에 공짜는 없다.' 후대 사람들이 지어낸 이야기일 수도 있겠지만 웃음과 함께 공감의 고갯짓을 하게 한 불변의 진리다.

"그럼 그렇지, 그저 얻어지는 게 어디 있겠어? 에고, 부질없는 욕심이여."

폐지 상자에 복권 종이를 구겨 넣고 그가 시원한 냉수 한 컵을 들이켠다.

힘들지요 내가 악마해 들이게요

'엄마, 지난번 생일 카드에 쓴 기대하라는 선물, 냉장고 안에 있어요. 고고씽~'

크리스마스 아침, 휴대 전화에 포스트잇 한 장이 붙어 있다. 오십이 넘은 나이에 산타의 선물을 받다니. 그래, 그럴 수 있지. 나는 착한 엄마니까. 히히. 그런데 냉장고 안 고추장 통에 포스트잇이 한 장 나풀거린다.

'Mom, Gift that I give U is hanging in Veranda. Look for it carefully~'

다시 베란다로 달려가 지난밤 널어 둔 빨래 틈에 끼어 있는 낯선 티셔츠 한 장을 찾아냈다. 뒤 목덜미에 '절세미인', 가슴엔

'엄마'라는 글자가 크게 적힌 흰 티셔츠였다. 남편 역시 아침 일찍 문자 메시지를 받고 신발장을 거쳐, 거실 소파 쿠션 아래에서 '조각미남' '아빠'가 새겨진 티셔츠를 찾았고, 동생 채원이는 학교 가방 속에서 '나는 영재다' '동생' 티셔츠를 찾았다. 모두 큰딸 채영이의 선물이다. 우리가 잠든 사이에 패브릭 색연필로 글자를 쓰고 다림질까지 한다고 얼마나 힘들었는지 아느냐며 생색을 내더니 잠옷 속에 입고 있던 자기 티셔츠를 보여준다. 목덜미에 적힌 글귀를 보고 우리는 모두 쓰러지고 말았다. '잘 키운 딸 하나 열 아들 안 부럽다' 역시 채영이다운 발상이다.

채영이는 어릴 때부터 쪽지 쓰기를 즐겼다. 한글을 어설프게 깨칠 무렵부터 거의 매일 쪽지에 그림과 글자를 긁적여 우리 곁에 남겨 두었다. 특별히 쓸 말이 없는 날에는 '잠옷 치마 이뻐조', '엄마 내일 깨아 주새요', '아빠 그런데 내일 께아조', '침대에 누어조' 같은 말이었는데, 아침 일찍 갈 곳이 있는 것도 아니면서 신문 귀퉁이든 티슈 조각이든 가리지 않고 아침 일찍 꼭 깨워 달라는 간절한 메시지를 남겼다.

동네 언니에게 보내려던 편지 중에는 '헤지 언니야 인재 채원이 보고 채소라고 부르지 마.' 하고 동생 편을 들어 주는 든든한 여섯 살 언니 역할도 하고 있었다. 가족 생일은 물론이고 결혼기념일에는 '아빠 엄마하고 교혼 축하해요', 서울에 출장 가는 아빠 주머니엔 '아빠 서울 가서 재미이개 놀다 오서요 아빠 없을대 엄마 말슬 자드고 이슬개요 아빠 서울래서 예쁜 인형 이슬며 가지고 오세요'라는 쪽지를 넣어 두어 아빠를 미소 짓게 했다. 크리스마스엔 혼자 선물을 받기가 미안했던지 '산타할버지한태 넥타이 주세요 해요' 라고 아빠에게 산타의 선물을 받는 방법을 알려주기도 했다.

우리 부부가 작은 다툼이라도 있었던 날이었나 보다. 채영이에게서 '아빠 왜 어재 내 자리에서 자서요'라는 편지가 온 걸 보니 말이다. 나랑 다툰 남편이 아마 아이 침대에 가서 잠들었던 모양이다. "아빠 왜 매일 매일 늦개 오새요 아빠 힘들지요 내가 악마해 들이게요' 맞춤법은 엉터리지만 늦게까지 일하고 온 아빠를 걱정하며 안마해 주겠다는 아이의 쪽지는 그 어떤 보약보다 힘이 되었을 것이다.

처음엔 별생각 없이 받던 쪽지가 점점 신기하고 재미있어서 버리지 않고 모아 두었다. 지금도 가끔 이십 년이 더 지난 그 쪽지 편지들을 꺼내 읽어 보면 표현할 수 없는 흐뭇함과 감동이 있다. 사랑한다는 말, 낳아주셔서 고맙다는 말, 건강하게 살자는 말, 재미있었던 가족 소풍 또 가자는 말, 동생과 사이좋게 지내겠다는 말… 정말 순수하고 소박한 고백이다. 너무 지켜주고 싶고, 함께 지키고 싶은 소중한 다짐이다.

생각과 감정을 전하는 방법에는 여러 가지가 있다. 글이나 말로 직접 전할 수도 있을 테고 행동이나 몸짓, 표정으로 전하는 방법도 있다. 상황과 처지에 따라 적절한 방법이 있겠지만 열 마디 어설픈 말보다 따뜻한 포옹이 상처 입은 사람의 마음에 더 큰 위로가 될 때도 있다. 또 다정한 눈빛과 미소가 어떤 화려한 고백보다 상대의 마음을 열게 할 수도 있다.

누구나 힘들 때가 있다. 가끔은 혼자의 힘으로는 버거운 시련의 한가운데를 지나가야 할 때도 있다. 그럴 땐 가장 가까이 있는 이들의 사랑과 축복이 필요하다. 여섯 살짜리 채영이의 편지처럼 '힘들지요 내가 악마해 들이게요 사랑해요' 하고 진심 어린 따뜻한 마음을 전해 보면 어떨까? 우리가 서로에게 힘이 되는 확실한 한 가지는 마음을 나누는 것이며, 그 마음은 구체적으로 표현할 때 더 아름답다는 사실이다. '사랑'은 막연하고 추상적이지만 그 뒤에 '해'라고 한 글자만 더 붙이면 사랑이 살아 움직인다. 우리 마음에 위로의 씨앗 하나가 싹을 틔운다.

안아주세요, 외롭지 않게

큰아이 채영이가 초등학교 고학년이 되어 생리를 시작할 때 '엄마와 채영이가 함께 자는 날'을 정해 매주 수요일마다 아이의 침대에 나란히 누웠다. 그 바람에 언니랑 함께 자던 동생 채원이는 안방 침대의 아빠 옆자리를 차지하게 되었다. 엄마랑 둘이 자는 언니에게 샘을 낼 만도 한데

"난 엄마 침대가 좋아. 여기 오면 잠이 솔솔 와."

하며 엄마 침대에서 자는 걸 다행히도 좋아했다.

그렇게 채영이와 나는 나란히 누워 잠들기 전까지 비밀스러운

가족은 무엇으로 자라는가   101

여자들만의 이야기를 나누었다. 비밀이랄 것도 없는 얘기지만 우리끼리만 알기로 새끼손가락 걸면 아빠랑 동생은 모르는 짜릿한 비밀이 된다. 밤톨만큼 봉긋 부풀어 오른 가슴 이야기도 하고 엄마의 첫 생리 이야기도 자연스럽게 들려주고, 중학교 때 있었던 엄마의 첫사랑 이야기, 아이의 어린 시절 이야기도 들려주었다.

"네가 미숙아로 태어나 인큐베이터에 두고 엄마 혼자 퇴원할 때 정말 죽을 것 같았어. 그런데 백일이 지나니까 정상 체중이 되더라. 그리고 또 얼마 지나니까 의사 선생님이 비만아 된다고 조심하라고 하셨어. 히히."

"네 어릴 적 별명 알지?"

"똥구멍!"

"그래, 네가 아기였을 때 얼마나 예뻤는지 똥구멍까지 예쁘다고 아빠가 그렇게 불렀어."

"할아버지가 처음에 네 이름을 은실이라고 지어 주셨던 거 알아?"

아이가 우리에게 얼마나 큰 기쁨이었는지, 생명이란 얼마나 신비롭고 소중한 것인지 느끼게 해 주고 싶었다. '응애'하고 첫 울음을 터뜨린 그 순간부터 지금까지 우리가 너와 함께라는 사실을 말해 주며 우리는 언제까지나 같은 편이라는 생각이 들게 해 주고 싶었다. 참 바쁜 세상이다. 아침이면 전쟁터처럼 각자 집나설 준비로 바쁘다. 식탁에 둘러앉아 밥 한 끼 같이 먹기 힘든게 현실이다. 하지만 그럴수록 사랑을 확인하고 전할 시간이 필요하다.

온 가족이 다 함께 추억 만들기가 힘들다면 끼리끼리 파트너를 바꿔가며 시간을 갖는 방법도 있다. 남편과 채원이는 둘만의야간 장보기를 즐긴다. 밤 9시가 넘은 시각에 둘이 집을 나선다. 엄마가 좋아하는 단팥빵, 언니의 팥빙수, 내일 아침 먹을 우유도사서 돌아온다. 또 남편과 채영이는 찜닭 마니아라서 가끔 둘만의 외식을 즐긴다. 1박 2일 부녀(父女)캠프에 참가하기도 하고, 함께 테니스를 치러 다니기도 한다. 나와 채원이는 지난겨울 2박 3일 동안 둘만의 여행을 다녀왔다. 채영이와 채원이는 시내에 있는 고양이 카페에 차를 마시러 가기도 하고 사이좋게 대중목욕탕에 다녀오기도 한다. 남들이 보면 왜 따로 노냐고 하겠지만 그나름의 재미가 있다. 아빠와 보내는 시간에는 엄마랑 나누던 대화와 다른 화젯거리가 있고, 엄마 아빠 빼고 두 아이끼리 통하는 이야기도 있지 않겠는가.

동료가 어머니를 여의었다. 평상시처럼 아침밥 먹고 출근했는데 두어 시간 만에 사고 소식이 전해졌다. 그렇게 임종도 보지 못한 채 어머니를 황망히 떠나보내야 했다. 아버지 역시 교통사고로 떠나보냈다는 얘기에 위로의 한 마디를 찾지 못했다.

우리 삶이 이렇다. 사랑을 미루어 둘 시간이 없다. 그날 밤, 긴급 가족회의를 소집했다. '아침에 집을 나설 때 서로 인사도 제대로 하지 못하는 것 같다. 아무리 바빠도 스킨십을 하자. 뽀뽀도 좋고 포옹도 좋고 하이파이브도 좋다.'고 제안했다. 그랬더니 쑥스럽게 뭐 그렇게까지 하냐고 두 아이가 고개를 저었다. 남편은 어차피 내 편이니 채원이를 간식으로 매수하여 결국 3대 1로 통과시켰다.

그렇게 해서 우리의 아침 풍경은 조금 달라졌다. 큰아이가 먼저 나가는 날엔 젖은 머리를 수건으로 싸매고라도 현관으로 달려가 아이의 엉덩이를 두드려 주었다.

"학교 가서 친구들하고 재미있게 놀다 와! 사랑해."

공부하러 가는 아이에게 '성적 좀 쑥쑥 오르게 공부 좀 열심히 해!' 말하고 싶었지만 그런 진심은 살짝 숨겨 두는 센스가 필요하다.

일상에 지치고 힘들지만 애써, 억지로라도 먼저 말해 주자. 사랑한다고, 난 영원한 네 편이라고. 끈적끈적 땀은 나지만 꾹 참고 꼭 안아주자. 따뜻한 사랑이 전해져 외롭지 않게.

쪽배를 타고

"노 젓는 배 타 보고 싶어."

뜬금없는 말을 잘하는 큰아이 채영이가 아침 양치질을 하며 칫솔을 입에 문 채 한 마디를 툭 던졌다. 평소에도 '먹고 싶다, 갖고 싶다, 가고 싶다' 맥락을 알 수 없는 소리를 잘하는 아이였기에 그냥 흘려들을 수도 있었지만 마침 아무 계획 없는 휴일 아침이니 못 할 것도 없었다.

온 가족이 수성못으로 향했다. 오래간만에 찾은 수성못에는 한가로운 휴일 한낮을 즐기러 나온 가족으로 붐볐다. 못 위에는 노란 오리들이 귀여운 리본을 목에 달고 여기저기 떠다니고 있었다. 자전거 타듯이 페달을 밟으면 움직이는 오리배가 더 안전하고 편해 보였지만 아이가 타고 싶은 배는 노를 젓는 쪽배였다. 요령 없이 노를 젓는 일은 힘들고 위험해 보이기도 했지만 어쩔 수 없었다.

쪽배는 정원이 2명으로 제한되어 있어 아빠와 채영이만 배에 올랐다. 아빠 실력을 보여주겠다고 큰소리치며 구명조끼를 입는 남편도 오랜만에 타는 쪽배에 꽤 설레는 기색이다. 배가 천천히 미끄러져 나갔다. 산들바람에 은빛 물비늘이 곱게 일어나는 호수 가운데 떠 있는 주홍빛 조끼가 한층 선명한 빛으로 렌즈에 잡혔다. 아빠가 하는 모습을 보며 아이의 노도 조금씩 움직였지만 처음 해 보는 것이라 쉽지 않아 보였다. 언니의 그런 모습이 재미있어 보이는지 채원이도 덩달아 신이 나 작은 손을 입가에 모으고 '언니야'를 불러댔다.

멀리 호수 가운데까지 나간 쪽배를 보며 둘이 나누고 있을지도 모를 대화를 상상해 보았다. 바람이 실어 오는 이야기를 엿듣는 기분으로.

"아빠, 어디로 가야 하지?"

"영아, 물에도 길이 있어. 네가 가고 싶은 방향이 어디야?"

"응, 저쪽에 있는 섬으로 가 보고 싶은데."

"그럼 오른쪽 손에 힘을 주고 노를 크게 젓는 거야. 이렇게, 이렇게. 가고 싶은 방향에 따라 노를 젓는 손이 달라져야 해."

"이렇게?"

"그렇지, 잘하네. 아빠는 네가 가고 싶은 길을 잘 찾아갔으면 좋겠어."

"빨리 가고 싶은데 아빠가 대신해 주면 안 돼? 아빠가 더 잘하잖아."

"그러고 싶지만 오늘은 저기까지 네 힘으로 가면 좋겠어. 살다 보면 혼자 해결해야 할 일이 많아."

"이렇게? 이렇게 하는 거 맞아?"

"잘하네. 아빠가 구령 붙여줄까? 하나, 둘. 하나, 둘."

새 학년이 될 때마다 아이는 몸살을 앓았다. 조금 내성적인 성격 탓에 낯선 친구들 속에서 자리를 잡는 것이 쉽지 않았다. 그런 모습이 안쓰럽고 가여웠지만 어쩌겠는가. 만경창파(萬頃蒼波) 같은 넓고 험한 세상으로 출발한 쪽배가 처음 만난 파도 한 줄기인 것을.

"아빠, 힘들어."

"힘내자. 지금 아빠가 널 도와줄 수는 있지만 살다 보면 아빠가 대신해 줄 수 없는 일들이 얼마나 많은데. 그때는 어쩌지?"

"계속 아빠가 해주면 되잖아?"

"아빠도 그러고 싶지만 그럴 순 없어. 그리고 무엇보다도 넌 할 수 있어. 다시 해보자."

"응, 걱정하지 마. 내가 잘할 수 있어. 지금도 봐, 나 잘하지? 아빠가 조금만 가르쳐 줘. 이렇게 하면 이쪽으로 가는 거 맞아? 근데 바람이 불어서 좀 무서워."

살다 보면 아무도 도와줄 수 없는 일을 당할 때가 많을 거라는 아빠의 말을 아이는 아직 이해할 수 없을지도 모른다. 아니 어쩌면 도와줄 수 없으니 스스로 해내라는 말이 조금은 섭섭하게 들릴 수도 있을 것이다. 어느 부모가 자식의 궂은일을 대신해 주고 싶지 않을까. 하지만 제 갈 길을 찾아 거센 물살을 헤치며 씩씩하게 나아가는 자식의 뒷모습을 흐뭇하게, 때로는 가슴 졸이며 지켜보는 것이 부모 마음인 것을 우리는 알고 있다.

쪽배가 섬을 돌아 들어온다. 춤추듯 노를 젓던 아이가 손을 흔든다. 은빛 햇살이 곱게 내리는 얼굴에 웃음이 가득하다. 아이의 뽀얀 웃음이 봄 쑥처럼 향기롭다.

마주 보는 눈 속에 사랑이 있다

집에 들어서자마자 전등의 스위치를 켠다. 싸늘한 정적이 낯설어 습관적으로 텔레비전을 켠다. 이른 아침부터 늦은 밤까지 전깃불 아래에서 기계 소음에 묻혀 살아간다. 찬란한 문명의 이기(利器) 속에서 그들 중 어느 하나만 없었어도 어쩔 뻔했을까 싶도록 우리는 그들을 아낀다. 매일 해가 뜨고 지는데도 어떤 얼굴로 아침이 밝아오고 어둠이 내리는지 느낄 수 없는, 늘 환한 불빛 아래 산다.

두 아이가 초등학교에 다닐 때 우리 가족만의 특별한 날을 정하기로 했다. 매주 월요일은 '텔레비전, 컴퓨터를 켜지 않는 날', 매달 마지막 주 금요일은 '전깃불을 켜지 않는 날' 등이다. 한 번쯤 희미한 촛불 아래서 밥을 먹고 텔레비전 없는 고요 속에서 동생과 언니의, 그리고 엄마와 아빠의 목소리를 들어보기로 했다.

전깃불을 켜지 않기로 한 마지막 주 금요일이 왔다. 설레는 마음으로 어둠이 내리기를 기다렸다. 귀가하여 식사를 준비할 때까지는 그래도 밖이 제법 환했는데 밥을 먹을 때는 창밖이 조금씩 어두워져 갔다. 우리는 집안으로 찾아드는 어둠을 보며 준비해 둔 촛불을 켰다. 물론 안전에 주의하며 아이들에게도 당부의 말을 잊지 않았다.

습관적으로 전등 스위치를 켜고 잠이 들 때에야 불을 끄는 삶에는, 어둠이 서서히 제 모습을 드러내는 것을 느낄 여유가 없었다. 촛불을 켜 놓으니 아이들은 신이 나는지 목소리가 점점 커졌다. 우리는 탁자 위에 여러 개의 촛불을 밝히고 둘러앉았다. 촛불 건너 희미하게 보이는 서로의 얼굴을 보며 그저 즐겁기만 했다.

"엄마가 어렸을 때는 전기가 안 들어오는 날이 있었어. 마을 전체가 정전되는 날이 잦았지. 그럴 땐 오늘처럼 초 한 자루를 켜놓고 둘러앉아 전깃불이 들어오기를 기다려야 했어."

마을 전체에 불이 들어오지 않는다는 말을 아이들은 이해하지 못했다. 그냥 참 신기한 옛날 일이라고 여기는 것 같았다.

그날 밤 거실 벽에는 손으로 만든 독수리가 날개를 퍼덕거리며 날아올랐고 강아지가 왈왈 짖으며 온 벽을 누비고 다녔다. 입이 뾰족한 여우 옆에는 오리가 헤엄쳐 다니며 함께 놀았다. 내 손은 주전자가 되고 아이의 손은 컵이 되었다. 그렇게 양초가 몽당연필처럼 작아질 때까지 우리는 그림자놀이를 하며 밤을 보냈다.

"엄마, 엄마의 눈 속에 내가 있어."

마주보는 나의 눈동자에 아이의 얼굴이 비쳤나 보다.

"그래, 눈 속에는 그 사람이 사랑하는 사람이 살고 있어. 네 눈 속엔 엄마가 있네!"
"그럼 아빠 눈에는?"
아이가 아빠에게 다가가 아빠의 눈을 빤히 바라본다. 그러고는 행복한 목소리로 소리친다.
"와! 내가 있네. 아빠도 나를 제일 사랑하나 봐. 아빠, 맞지?"

아이들이 어렸을 때는 아이를 품속에 안고 눈을 맞추면 아무 말 없이도 대화하고 감정을 나눌 수 있었다. 아이의 입꼬리가 조금만 올라가도 엄마 아빠는 더 큰 미소를 짓고, 아이의 가녀린 눈꺼풀이 스르르 감기면 예쁜 꿈과 단잠을 바라던 우리였다.

순수한 아이와의 대화에서 오늘도 행복해지는 해답 하나를 찾았다. 마주 보는 눈 속에는 사랑이 살고 있다. 그동안 소중한 것을 많이 빼앗기며 살았다. 텔레비전 앞에 일렬로 앉아, 혹은 손을 떼지 못하는 스마트폰 속 세상에 빠져 있는 동안 우리는 참 많은 걸 잃었다.

느끼지 못한 것, 눈 맞추며 하지 못한 것, 듣지 못한 소리가 참 많았다. 서서히 어둠이 내리는 초저녁 풍경, 지친 아이의 작은 눈동자, 촛불 건너에서 들려오는 아빠의 목소리, 베갯머리에서 맡아보는 아이의 체취와 작은 속삭임, 그리고 사랑한다는 말 한마디. 함께하는 순간순간이 우리 인생에 얼마나 찬란하고 소중한 기억이 될지 모르고 산다. 마주 보면 그 눈 속에 사랑이 있다.

엄마는 왜 사냐고? 그건…

"엄마는 왜 살아?"

중학생이었던 둘째 아이 채원이가 다가와 불쑥 던진 말이다. 소파에 앉아 잡지를 뒤척이며 저녁 시간을 무료하게 보내는 내가 한심해 보였나 싶어 얼른 자세를 바로잡고 모범 답안을 찾았다.

"음… 그러니까… 왜 사냐면… 그렇지, 꿈이 있으니까. 아직 하고 싶은 일이 많으니까 사는 거지."

급한 대로 답을 하기는 했지만 수습이 잘 안 된다. 친구들과 모여 앉아 수다 떨다 이런 질문이 나왔더라면

"왜 살긴, 그냥 사니까 사는 거지. 인생 뭐 별거 있어? 아이들 봐서 그냥 사는 거야."

했을 테지만 지금은 상황이 좀 다르다! 파릇파릇 자라나는 십 대 소녀의 질문이 아닌가. 그것도 제 나름 심각해 보이기까지 하다.

"그게 뭔데? 엄마가 하고 싶은 일이?"
"많지! 뭐냐면…"
멋진 답변을 위해 일단 보던 잡지를 덮고 머리를 굴려 본다.
"그래, 그렇지. 내가 하고 싶은 건 정말 중요하고 멋진 거야. 일 단은 너랑 채영이 시집 가서 아기 낳으면 엄마가 산후조리를 해 줘야 해. 그건 엄마가 꼭 해야 하는 일이고 꼭 해 보고 싶은 일이 니까."
"엄마, 장난하지 말고."

장난도 아니고 급조해서 한 말도 아니다. 결혼도 하기 전에 친

정 엄마가 돌아가신 나는 산후에 엄마가 끓여 주는 미역국 한 그 릇도 못 얻어 먹었다. 그래서 그건 정말 꼭 해보고 싶은 일이었 다.

"또 있어. 아빠 흰머리 생기는 거 봤지? 아빠 머리가 완전히 하 얗게 되면 멋질 것 같지 않니? 은백 머리가 아빠에게 은근히 어 울릴 것 같아. 그 모습도 엄마가 봐줘야 해."
"에게게게, 그게 꿈이야? 너무 시시해."

이 꿈 역시 시시한 게 아니고 정말 중요한 일이다. 조상님 덕 분에 흰머리가 거의 생기지 않는 나와는 달리 남편은 흰머리가 제법 많아졌다. 이제는 한두 개 생기는 새치 수준이 아니라 가려 뽑기도 힘들 정도의 하얀 머리카락을 보고 있으면 풋풋했던 젊 은 시절이 생각나서 세월이 무상해진다. 하지만 그의 삶을 곁에 서 고스란히 지켜보며 함께 살아온 동반자로서 일흔 살의 그, 여 든 살의 그를 지켜봐 주어야 한다는 의무감이 생긴다. 그것이 전 우애, 아니 부부의 의리 아니겠는가.
내 꿈이 전부 시시하다며 아이는 제 방으로 들어가 버린다. 그 렇다고 이 나이에 미스코리아가 되는 꿈을 꿀까, 슈퍼모델을 꿈 꿀까. 물론 내게도 때깔 나는 꿈이 하나 있긴 했다. 삼십 대에 등

단한 후에는 내 아이에게 읽힐 동화책 한 권 쓰는 게 꿈이었는데 그 꿈이 이루어지기도 전에 아이들이 다 커버렸으니 이젠 손주에게 선물할 동화 한 편 쓰는 것으로 꿈을 수정해야 할까.

사실 글쓰기는 나의 오랜 꿈이었다. 하루하루 살아가는 이야기를 기록하는 게 의미 있다고 생각해 오래전부터 글을 써왔다. 돌아가신 어머니의 삶을 기억하기 위해 글쓰기를 본격적으로 시작했고 우연히 기회가 되어 지역 잡지에 5년간 매월 연재를 하기도 했다. 늘 원고 마감에 쫓기는 생활이었지만 그달에 나누고 싶은 이야기를 걸러내 기록하는 작업은 즐겁고 유익했다. 아마 앞으로도 기록하는 일을 멈추지 않을 것이다. 사람들 앞에 굳이 내어놓지 않아도 마음을 나누며 함께 살아가는 시간이 얼마나 아름답고 귀한 것인지 알고 있기 때문이다.

오십이 넘어 시작한 인문학 공부도 아마 계속될 것이다. 쓸모없음의 큰 쓰임이란 의미인 '무용대용(無用大用)' 네 글자로 공부가 시작되었다. 주위에서는 박사 학위를 받으면 어떤 일을 하고 싶냐고 묻지만 내게 공부의 성과는 학위가 아니라 과정에서 느끼는 성취감만으로 충분하다. 세속적인 쓸모는 없을지 몰라도 삶의 과정에서는 분명히 가치 있는 일이라 생각하기에 배움의 길 역시 내 꿈이 될 것이다.

아이의 뜬금없는 질문에 오랜만에 영양가 있는 생각 하나 한

것 같다. '왜 사는가?' 하는 철학적인 질문과 그것의 명쾌한 모범
답안, '꿈이 있으니까'. 그렇다. 나이에 상관없이 꿈은 살아가는
'이유'가 되고 '에너지'가 된다. 십 대와 오십 대, 다른 세상을 걷
고 있는 아이와 나의 꿈이 같을 수는 없다. 각자가 가진 꿈의 가
치를 저울로 달아 경중을 따질 수도 없다. 지금 내가 꿈꾸는 걸
아이가 공감하는 것도 무리일 테고, 아이의 꿈을 내가 품는 것도
이상하다. 꿈은 자기만의 것이니까. 그러니 너도 너만의 멋진 꿈
을 품어보렴. 세상은 꿈꾸는 사람의 것이라잖니.

독서, 가족의 역사가 되다

       거실에 있는 텔레비전을 없애는 일부터 시작되었다. 거실 한 벽에 책장을 짜 넣고 이 방 저 방에 흩어져 있던 책을 정리했다. 아래 칸에는 손이 닿기 쉽게 아이들이 좋아하는 책을 꽂아주고, 대형 서점 서가처럼 내가 좋아하는 작가의 책만 따로 한 칸에 모아두기도 했다.

    요즘은 텔레비전을 치우고 거실을 서재로 꾸미는 일이 제법 흔해졌지만 이십여 년 전만 해도 우리 집 이야기가 잡지에 실릴 만큼 흔한 일이 아니었다. 평소 아이들의 독서에 관심이 많았던 내게 지역 매거진에서 원고 청탁이 들어와 거실을 서재로 꾸민 이야기를 소개했더니 꽤 관심들이 많았다.

습관처럼 켜 두던 텔레비전 소리가 없어지니 도시 소음이 다 사라진 외딴곳에 와 있는 느낌이 들 정도로 사방이 고요해 그 적막이 낯설기까지 했다. 하지만 시간이 지날수록 그 빈자리는 가족들의 목소리로 채워졌다. 소파에 나란히 앉아 텔레비전을 보던 가족들이, 책장에 맞춰 새로 들인 테이블에 둘러앉으니 시선이 바뀌어 자연스럽게 서로를 바라보았다.

시골에서 팔 남매를 키워내신 어머니는 '책은 귀한 것'이라 일러주시며 소중하게 다루도록 우리를 가르치셨다. 그래서 넷째 언니가 읽던 ≪소공녀≫가 다섯째 언니를 거쳐 여섯째인 나의 것이 될 때까지 찢어진 곳 하나 없이 깨끗하게 유지될 수 있었다. 어머니와 달리 나는 두 딸아이에게 '책은 장난감'이라 가르쳤다. 식당 놀이를 할 때 책은 쟁반이 되기도 하고, 반으로 펼쳐 빙 둘러 세우면 성벽이 되기도 했다. 맘에 드는 구절에 밑줄을 긋기도 하고 삽화에 그림을 보태 그리기도 하였다. 책을 대하는 방식이 어머니와 완전히 달랐지만 누가 옳고 그르고의 문제는 아니다.

읽던 책을 정리하여 서가에 잘 꽂아야 한다고 강요하지 않았기에 앉아서 팔만 뻗으면 늘 책이 손에 잡혔다. 거실 장난감 상자 위에, 식탁 위에, 침대 머리맡에도 책들이 뒹굴고 있었다. 그러니 아이의 친구들이 놀러 와도 자연스럽게 책을 보며 놀게 되고, 집으로 돌아갈 땐 읽던 책 한 권씩을 빌려 가는 일 역시 흔한 일이 되었다. 그렇게 책 읽기가 생활이 된 덕분인지 두 딸아이뿐 아니라 남편까지도 '요즘 읽고 있는 책이 있는' 남자가 되어 버렸다.

글쓰기를 좋아하는 우리 부부를 닮았는지 두 딸아이도 편지 쓰기를 즐겼다. 생일이나 결혼기념일, 크리스마스 같은 특별한 날엔 마음을 담은 손 편지와 작은 선물을 서로 주고받았는데, 어느 해부터인가 손 편지와 함께 책을 선물하는 것으로 바뀌었다. 서로 원하는 선물도 있겠지만 되도록 책 선물을 하자는 나의 제안에 가족 모두가 동의했기 때문이다. 처음에는 읽고 싶은 책 제목을 미리 말하기도 했다. 내 생일에 남편에게 611쪽짜리 '시편'을 사달라고 미리 귀띔했더니 일부러 비싼 책 고른 건 아니냐는 항의를 받기도 했지만 서로의 독서 취향도 알고, 좋아하는 작가도 알게 된 후엔 묻지 않고도 서로를 위한 책을 고르게 되어 제대로 선물하는 맛이 났다.

이제는 두 딸아이 모두 대학을 졸업하고 직장생활을 하면서 조금은 경제적 여유가 생겼는지 특별한 날이 아니어도 서로 책 선물을 주고받았다.

"엄마, 엄마가 좋아하는 김훈 작가 신작 나왔더라. 여기!"

"영아, 딱 네 나이에 읽으면 좋을 것 같아서 샀어. ≪빨강머리 앤이 하는 말≫ 완전 널 위한 책 같아."

뜻하지 않게 강제 독서를 하게 되는 셈이다. 역시 일상의 소소한, 아니 아주 큰 즐거움이라 생각한다.

몇 번은 충돌 사고도 있었다. 내가 박완서의 글을 좋아하는 걸 알고 있는 남편이 퇴근길에 산문집 ≪호미≫를 사 들고 와서 내밀었다.

"오늘 서점을 지나다가…"

그런데 사실 나는 이미 그 책을 사서 읽고 있었다. 졸지에 같은 책이 두 권이 되었다.

"괜찮아요. 한 권은 침실에, 한 권은 차에 두고 읽으면 좋겠네요. 고마워요."

결국 김훈의 ≪흑산≫도 두 권, 박웅현의 ≪여덟 단어≫도 두 권이 되었는데 나란히 꽂힌 책을 보면 그 마음이 느껴져 흐뭇함도 두 배가 된다.

분위기 좋은 음식점에서 맛있는 것을 먹으면 가족들과 같이 한 번 더 와야지 하는 생각이 들고, 아름다운 경치를 봐도 그런 생각이 드는 게 '사랑'이라고 들었다. 책도 그런 것 같다. 재미있는 책, 긴 여운이 남는 책을 읽으면 함께 읽고 얘기를 나누고 싶다. 외식이 집밥보다 좋은 이유 중 하나가 오롯이 서로에게 집중할 수 있다는 점이듯 책을 핑계로 대화할 거리가 생기는 것 같아서 함께하는 가족 독서가 참 좋다.

며칠 전에는 채원이가 밥을 먹다 인터넷에서 봤다며 미국 인디언 이야기를 꺼냈다. 미국 인디언 잔혹사와 관련된 영상을 본 모양이었다. 남편이 꺼낸 인디언들의 명명법과 옛 영화 '늑대와 춤을'까지 곁들여져 저녁 밥상이 풍요로웠다. 밥을 먹고 서가 맨 위쪽에서 몇 해 전 선물로 받은 책 한 권을 내려 딸에게 주었다. 900쪽이 넘는 류시화의 ≪나는 왜 너가 아니고 나인가≫였는데

"읽다가 베고 잠들기 딱 좋은 두께지?"

했더니

"엄마는 책으로 해결 안 되는 게 없네."

하며 웃었다. 일부러 그런 건 아닌데 사실 책으로 풀리는 일이 참 많다. 채원이가 어렸을 때, 해가 바뀌도록 빠진 앞니가 나지

않아 친구들한테 놀림을 받고 있었다. 나는 ≪이가 빠졌어요≫라는 제목의 동화책 한 권을 사주었는데 주인공 아이의 상황이 채원이랑 똑같았다. 하지만 그 애는 빠진 앞니 사이로 빨대를 끼우고 주스를 마시기도 하고 옥수수알을 끼우기도 하며 상황 자체를 즐기고 있었다. 자기 모습과 닮은 그림을 보며 채원이는 책 속의 아이처럼 유쾌해졌다. 동화 주인공처럼 빠진 이 사이에 빨대를 끼우고 깔깔거리기까지 하며 고민에서 벗어났다.

요즘은 거실 책장이 책으로 꽉 차서 그 앞에 책탑 쌓기를 시작했다. 가까운 지인들에게 다 읽은 책을 나눠주기도 하고, 일부는 학교 도서실에 기증도 했지만 책 하나하나에 우리 가족의 추억이 담겨 있는 것 같아 앨범에 사진을 정리하듯 차곡차곡 쌓아두게 된다. 가끔 서가 정리를 하고 책에 쌓인 먼지를 털어내며 상상한다. 40여 년 전에 내가 읽으며 가슴 설레 하던 만화책 ≪캔디 캔디≫를 딸아이의 딸아이와 함께 읽는 것이다. 그러면 그 곁에서 엄마가 된 채영이와 채원이가 이렇게 말할지도 모르겠다.

"이 책 ≪캔디 캔디≫ 다섯 권은 할머니가 아무에게도 빌려주지 않았던 거란다. 할머니는 이 책을 왜 그렇게 좋아하셨을까?"
"여기 있는 책들은 원래 할머니 책인데 엄마가 몰래 가져왔어. 엄마는 할머니 책을 한 권씩 가져다 읽기를 좋아했거든."

오늘 우리가 읽는 책이 삶의 일부가 되고, 우리 가족의 역사가 된다.

잔소리 좀 해 주세요

잔소리를 안 하는 방법은 없나요?

잔소리를 좀 효과적으로 할 수 없을까요?

잔소리 안 듣는 방법 어디 없나요?

왜 여자는 남자에게 잔소리를 많이 할까요?

여자들의 잔소리는 무엇으로 막아야 할까요?

어느 포털사이트에 올라와 있는 질문들이다. 그중 '잔소리 안 듣는 방법 어디 없나요? 와이프가 하는 잔소리 맨날 참고 있긴 하지만 힘드네요.' 하는 질문을 클릭해 보았더니 이런 답변들이 있다.

"잔소리하는 부분을 시정하여 더 이상 잔소리가 나오지 않게 하면 그만입니다. 뭐, 말로는 쉽고 실천하기는 어렵지만 정공법은 역시 이거밖에 없겠죠?"

"그냥 밖에 나가요. 아니면 뽀뽀를 해 버려요. 말 못 하게."

"더 잘해주세요. 잘하는데 잔소리하는 와이프 없을 겁니다. 그리고 와이프 잔소리가 그리울 때도 있을 겁니다."

우문에 현답들이다.

한 남자의 아내로, 두 아이의 엄마로 살아가는 나를 돌아봐도 온종일 잔소리를 입에 달고 산다.

"일어나야지! 더 꾸물거리면 지각이야. 옷을 제자리에 챙겨두면 아침에 찾기도 좋잖니? 왜 매일 하는 일인데 매번 말하게 할까? 아침밥 먹고 가야지. 당신도 좀 도와줘요."

잔소리로 하루를 연다. 어느 집이나 비슷한 풍경일 듯한데, 잔소리는 얼굴을 맞대지 않고도 이어진다. 딸과 통화를 하면서도

"일찍 일찍 들어와. 차 조심하고."

남편에게도 마찬가지다. 밤늦게 운전하면 위험하다, 술자리는 적당히, 사람들 앞에서 말조심해라, 매일 하는 그 소리가 그 소리다.

내가 매일 해대는 잔소리를 가만히 새겨 보면 어떤 노랫말처럼 하나에서 열까지 다 아이들을 위한 잔소리고, 남편을 너무도 사랑해서 나오는 마음의 소리다. 사랑이 없으면 잔소리도 없다는 가사도 딱 맞는 말 같다. 가끔은 사랑이 지나쳐서 듣는 사람의 짜증을 부르기도 하지만 말이다. 그래도 정말 사랑이 없으면 하지 않을 말이다. 윗집 남편이나 아랫집 아이라면 이런 잔소리를 아침저녁으로 되풀이할 필요가 없다. 오히려 했다가는 큰일 날 일이다.

어릴 때는 누구나 어른의 잔소리를 듣고 자란다. 학교 갈 때는 '친구들과 사이좋게 지내고 선생님 말씀 잘 들어라', 밥상머리에서는 '꼭꼭 씹어 먹어라, 골고루 먹어야 한다', 집을 나설 때는 '차 조심하라'는 잔소리가 따라온다. 그런데 신기한 것은 우리가 어릴 때 들었던 그 잔소리를 아이들에게 똑같이 하고 있다는 사실이다. 다 아는 말이라도 그 순간에 놓쳐서는 안 되는 것들이 잔소리거리가 된다. 학교생활에서는 친구들과 사이좋게 지내고 선생님 말씀 잘 듣는 것이 중요하고, 밥상머리에서는 음식을 골고루 꼭꼭 씹어 먹는 것이 중요하니까. 그러니 세월이 지나도 여전히 가장 기본적인 것이지만 잊기 쉬운 것들이 잔소리 레퍼토리가 되나 보다.

그런데 이제 나에게는 그런 보약 같은 잔소리를 해주실 부모님이 안 계신다. 쓸쓸하게도 한 분도 안 계신다. 젖은 머리칼로 집을 나설 때면 감기 걸린다고, 생채기 난 얼굴에 연고를 발라주시며 나의 조심성 없음을, 친구와 다투고 아랫입술을 툭 내민 채 앉아 있으면 고집 센 성격을 되짚어 주시던 잔소리가 그리워질 때가 있다. 그 간섭에 아늑하게 서린 걱정을 알기 때문이다. 그 사랑의 잔소리를 이제는 들을 수 없다는 것을 알기 때문이다.

"욕실에서 나올 땐 다음 사람을 위해 뒷정리 좀 하자. 그런 게 배려야."
"아침밥 남기지 말고 다 먹기!"

오늘도 잔소리로 시작하는 행복한 아침이다.

우리 삶을 온전하게, 100으로 지키는 것도

좋지만 좀 부족한 99라도 내 삶임을 인정하

고 쉽게 0이 되지 않도록 해야 한다.

당신에게
흘러가는 사랑

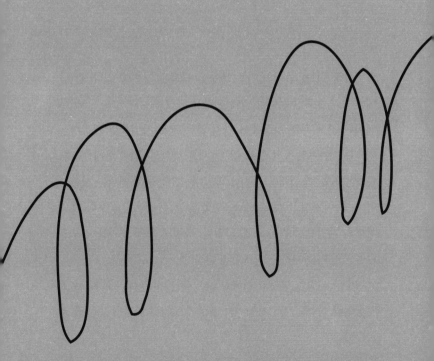

팔 남매가 사는 법

조약국 집 팔 남매의 가족 타운은 낙동강 강변에 있다. 팔 남매 중 1, 2, 3, 4번 언니가 태어난 경북 선산 옥성과 5, 6, 7, 8번이 태어난 경북 상주 화동에서 멀지 않은 경북 사벌국면 퇴강마을에 터를 잡았다. 직접 황토 집 네 채를 나란히 짓고, 현재는 1, 2, 4, 6번이 집 한 채씩을 차지하고 있다. 첫째, 둘째 언니는 시어른이 다 돌아가시고 형부들도 은퇴한 후 전원생활을 꿈꾸다 넷째 형부의 제안으로 집을 짓게 되었다. 그렇게 함께 텃밭을 가꾸고 닭을 키우며 하루하루를 뜨겁게 살고 있다.

예순의 문턱을 넘기지 못하고 돌아가신 어머니와 시골에서 조약국이라 불리던 아버지께서는 세상에서 가장 아름답고 값진 유산을 우리에게 남겨주셨다. 생전에 몸소 가르쳐 주신, 세상을 보는 따뜻한 시선과 사랑이 넘치는 여덟 명의 남매다. 우리 남매가 사랑을 나누며 살아가는 모습이 우연한 기회로 세상에 알려져, 두어 차례 방송 출연을 하게 되었다. 지금도 유튜브에서 200만 회가 넘는 조회수를 기록하며 관심을 받고 있다. 꽤 시간이 흘렀지만 따뜻한 눈으로 봐 주시고, 칭찬의 댓글을 달아주는 분들이 계셔서 우리는 여전히 행복하다.

십여 년 전에 지역 잡지에 팔 남매 가족 운동회 이야기가 실리게 되었는데 그 기사를 본 KBS 작가 한 분이 다큐멘터리 촬영을 제안하셨고, 몇 해를 고사하다가 결국 응하게 되었다. 가족 타운의 취지와 공사 과정, 단체 이사와 그곳에서 펼쳐진 가족 운동회, 둘째 언니의 회갑 잔치, 조카의 야외 결혼식까지. 긴 시간 촬영한 영상이 방송을 탔고, 우리도 귀한 추억으로 간직할 수 있게 되었다.

방송이 나간 후에 가족 타운을 관광지처럼 찾아오는 방문객이 많아 한동안 언니들은 손님맞이를 하느라 애를 먹었다. 그 후로도 몇몇 방송국에서 여러 가지 콘셉트로 방송 제의를 해 왔지만 모두 거절했다. 그런데 지난해 <한국인의 밥상>에서 추석 특집 '돌아가신 어머니께 차려드리고 싶은 밥상'을 주제로 촬영 제의를 해왔을 때는 마음이 흔들리고 말았다. 모두 어머니와의 추억이 담긴 음식, 차려 드리고 싶은 음식 등 마음에 품고 있는 사연이 하나씩 있었기 때문이다. 몇 번의 회의를 거쳐 돌아가신 어머니를 위한 한상차림 메뉴가 정해졌다. 시래기 된장국과 고추부각, 돼지기름으로 부쳐낸 배추전, 돼지머리 고기 그리고 수박 국수였다.

가난한 시골 살림에 대가족의 삼시세끼를 차려내야 하는 어머니는 부지런할 수밖에 없었다. 5일장 파장 무렵 채소전 천막 뒤에 버려진 배춧잎과 무청을 주워 시래기나물을 마련하셨다. 처마 밑에서 말린 시래기나물은 구수한 된장에 버무려져 겨우내 밥상에 올랐다. 손이 맵도록 딴 고추를 가루에 묻혀 찌고 말려 한 해를 책임질 밑반찬거리를 만드셨는데 어머니만의 빨간 소스로 볶아낸 고추부각은 지금까지도 우리 남매의 최애 음식이다.

한여름 더위 속에서도 우리는 옛날에 어머니가 하셨던 것처럼 마당에 솥뚜껑을 엎어 놓고 돼지기름을 발라가며 배추전을 부쳤다. 비계로 녹여낸 돼지기름은 밤새 하얗게 굳어 있었다. 한 숟갈 떠서 달구어진 솥뚜껑에 놓고, 손잡이까지 깎아 만든 무 도막으로 쓱쓱 고르게 발라주었다. 모든 것이 추억의 재연이다. 그 곁에 제비 새끼처럼 옹기종기 앉아 있는 동생들의 입으로 뜨거운 배추전을 쭉쭉 찢어 넣어주는 언니의 손에서 엄마 냄새가 났다.

내가 맡은 음식은 수박 국수였다. 백혈병으로 투병하실 때 날 것을 전혀 드실 수 없었던 어머니가 그토록 원하셨던 수박이 생각나서 결정한 메뉴였다. 수박으로 그릇을 만들고 색색의 고명을 올렸다. 진짜 우리가 지켜보는 앞에서 국수 한 그릇 시원하게 드시는 모습을 볼 수 있다면 얼마나 좋을까? 자식 입에 밥 들어가는 것이 세상에서 가장 행복하다는데 늘 양보하고 희생하던 어머니 입에 우리가 마련한 음식이 들어갈 수 있다면… 그 기쁨은 상상만으로도 가슴이 벅차올랐다.

진행을 맡고 계신 최불암 선생님과 둘러앉아 어머니를 위해 만든 음식을 먹으며 옛날이야기를 나누었다. "순옥 씨, 순자 씨" 하며 언니들 이름을 친근하게 불러 주시고 소탈한 웃음으로 연신 "맛있다, 맛있다" 하시는 말씀이 진심으로 느껴졌다.

어머니의 수고로움이 우리의 배를 채웠고, 그 사랑을 먹고 건강하게 자라 가정을 이뤄 모두 엄마 아빠가 되었다. 몇몇은 벌써 할머니가 되었다. 팔 남매에서 뻗어나간 가지는 2세대를 거쳐 3세대까지 모두 51명이 되었고, 혼사를 앞둔 2세대들이 있으니 내년이면 그 수가 더 늘어날 것이다.

매년 어머니의 기일이 있는 10월엔 가족 타운에서 가족 운동회가 열린다. 마당에 만국기가 펄럭이고 가게도 차려진다. 행운의 뽑기, 눈깔사탕, 쫀디기 같은 추억을 파는 가게엔 3세대들이 몰려들고, 떡볶이, 어묵, 번데기, 순대를 파는 난전에도 조약국 집에서만 통용되는 엽전을 든 2세대들이 몰려 앉는다.

작년에 새로 가족이 된 다섯째 언니네 신 서방과 남동생네 손 서방을 팀장으로 팀을 나누어 시작된 운동회에서는 치열한 승부가 펼쳐졌다. 신발 던지기, 공굴리기, 이인삼각, 미션 달리기, 왕제기차기 등 형부와 처제가 한 팀이 되고 장모와 사위가 맞수가되어 온 힘을 다해 뛰고 달린다. 3세대를 위한 보물찾기와 점심시간을 알리는 박 터뜨리기까지 웬만한 초등학교 운동회보다 알차다. 지난밤 둘러앉아 만든 콩 주머니로, 언니네 집 소쿠리로 만든 박을 터뜨리자 '사랑하자, 행복해지자, 밥 먹자'라고 적힌 두루마리가 펼쳐졌다.

깊은 밤까지 가족 타운은 2, 3세대 장기 자랑으로 흥이 넘쳐오른다. 엄마와 함께 준비한 엉터리 차력 솜씨를 뽐내는 건규와 사촌 형 지후, 여장(女裝)을 하고 섹시 댄스를 선보인 다섯째 언니네 둘째 사위 이 서방, 큰언니네 딸 주희와 예나의 모녀 마술쇼, 반짝이 의상 입고 트로트를 멋지게 불러 1등을 차지한 셋째 언니네 두 형제, 2세대 신혼부부들의 알콩달콩 커플 댄스까지. 무엇이 이보다 더 사랑스러울 수 있을까. 그 자리에 함께 있는 우리보다 누가 더 행복하고 유쾌할 수 있을까. 우리도 가끔 서로를 향해 묻는다.

"왜 우리는 만나기만 하면 이렇게 즐거운 걸까? 무엇이 우리를 이렇게까지 끈끈하게 하고, 사랑하게 하는 걸까?"

'가족' -어쩌면 같은 살과 피를 나눠 태어나 언니가 되고 동생이 되었지만 보이지 않는 하나의 끈으로 연결된 것 같다. 가족 타운이 있는 퇴강마을에 사는 언니들은 대구에 사는 동생들 안부가 늘 궁금하고, 대구 사는 동생들은 멀리 남쪽 바닷가에 사는 셋째 언니의 미소와 정(情)이 늘 그리운 걸 보면 우린 어머니 뱃속에서 줄줄이 사랑의 끈으로 연결되어 나왔음이 분명하다. 여덟이면서 하나로.

정제된 알맹이를 먹으며

　　초등학교 3학년 때 어머니는 나와 같이 초등학교 3학년이셨다. 동생과 같은 1학년이기도 하셨고 언니랑 같은 5학년이기도 하셨다. 늘 우리와 함께 공부하기를 원하셨다. 학교에서 돌아온 팔 남매는 어머니가 퍼 주시는 펌프 물로 하루의 때를 씻고 뜰 마루에 앉아 그날 학교에서 배운 교과서를 꺼내 줄줄 읽어 내려갔다. 그것은 아무도 군소리를 붙이지 않는 우리의 일상이었다.

　　초등학교에 들어가면서부터 어머니는 그날 내가 학교에서 무엇을 배웠는지 집에 있는 당신도 알고 있어야 한다고 말씀하셨다. 언니들도 늘 하던 일이었기에 내게도 자연스러운 일이었다.

뜰 마루에 배를 깔고 두 발을 휘저으며 국어책과 도덕책을 장단 맞춰 읽었다.

"옛날 어느 마을에 의좋은 형제가 살았습니다. 형과 아우는 늦은 밤까지 열심히 일했습니다. 마침내 가을이 왔습니다. 형과 아우는 거둬들인 볏단을 똑같이 나누었습니다. 그러던 어느 날 밤, 형은 생각했습니다. '아우는 새로 살림을 차렸으니 아무래도 양식이 많이 들 거야.' 형은 자기의 볏단을 가져다가 아우의 볏단 위에 몰래 올려놓았습니다. 그런데 그날 밤, 아우도 형과 똑같은 생각을 했습니다. '형님은 식구가 많으니까 양식이 더 필요할 거야.'라며 자기 볏단을 형의 볏단 위에 쌓아두었습니다."

신나게 국어책을 읽다가 팔꿈치가 아프면 하늘을 향해 누웠다. 하얀 박이 조롱조롱 열린 박 잎사귀 사이로 쏟아져 내리는 햇살에 눈을 찡그리며 음악 시간에 배운 노래를 불러 보기도 했다.

"내 고향 가고 싶다아~ 그리운 언덕~"

그럴 때면 어머니는 우물가에서 푸성귀를 다듬으며, 곳간에 가서 밑반찬거리를 꺼내 오시면서, 우리가 꺼내놓은 도시락을 부시면서 귀는 우리의 책 읽는 소리에 머물러 계셨다. 하시던 일을 멈추고 이따금 한 마디씩 말을 건네주셨다.

"형님은 동생한테, 동생은 형님한테 볏단을 옮겨 뒀단 말이지? 참 사이좋은 형제네!"

혼잣말처럼 하시지만 사실은 두 살 터울의 언니, 동생이랑 다투길 잘하는 내게 새겨들으라는 말씀이 분명했다. 그럴 때면 의좋은 형제를 부러워하는 어머니의 그 짧은 말씀 한마디가 어린 내 마음을 부끄럽게 했다.

초등학교도 겨우 나온 어머니는 참 지혜로운 분이셨다. 어쩌면 우리 팔 남매가 집에 와서 읊어대는 그 교과서를, 가마솥 뚜껑 너머로 뽀얀 저녁 밥물이 흘러넘칠 때까지 차례대로 들으셨으니 우리와 함께 여러 해 공부를 해 오신 셈이다. 그러니 책에 나오는 동요를 다 따라 부르셨고 전래동화와 위인 전기의 내용도 다 알고 계셨다.

모기향 연기가 솔솔 피어오르는 마루에 엎드리면 엄마가 불러주시던 받아쓰기 문제는 선생님이 내시는 문제와 똑같았다. 외나무다리를 건너오다 마주친 염소가 뿔을 맞대고 서로 먼저 건

너겠다고 싸우다 물에 빠지는 이야기를 읽고 하시는 말씀도 선생님 말씀과 똑같이 '양보하는 마음'에 관한 것이었다. 산수 시간에 내가 덧셈을 배우는지, 곱셈을 배우는지 훤히 아셨던 어머니는 사탕 한 줌을 나눠주시면서도 모든 걸 녹여 가르치셨다.

"요렇게 세 개씩 두 줌이면…"

교과서가 어머니를 통해 살아났다. 어려운 시골 살림에 변변한 책 한 권 사주기 어려운 시절, 교과서는 어린 우리에게 삶의 지침을 제시해 주기에 충분했다. 어쩌면 그 시절 우리는 교과서에서 평생 간직해야 하는 인간의 도리와 생활 규범을 배웠던 것 같다. 〈은혜 갚은 까치〉를 읽으면서 '보은(報恩)'을, 〈의좋은 형제〉를 읽으면서 '우애'를, 〈양치기 소년〉을 읽으며 '진실의 힘'을 배웠다.

요즘 아이들은 교과서를 '재미없는 책, 시험을 위해 억지로 봐야 하는 책' 정도로 여긴다. 재미있고 자극적인 콘텐츠가 흔한 세상이니 그런 모양이다. 하지만 바꿔 생각해 보면, 범람하는 정보와 걸러지지 않은 지식에 노출된 아이들에게 생각할 거리를 제공하는 최소한의 도구가 아닐까.

수준에 맞게 걸러져 정제된 알맹이, 그 알맹이를 먹고 자라는 우리 아이들이 어린 시절 교과서 제목처럼 '즐거운' '슬기로운' '바른' 삶을 영위해 갔으면 좋겠다. 쉰아홉에 백혈병으로 돌아가신 그리운 어머니가 꼭꼭 씹어 우리 입에 넣어주시던 따뜻한 사랑, 그 사랑을 먹고 우리가 건강하게 자랐듯이.

장독대에서

      시렁 아래 두 줄로 매달려 있던 구멍 숭숭 빠진 메주의 모습이 눈앞에 아련히 살아날 때 어김없이 코끝에서는 메주내음이 난다. 비라도 내리는 날이면 처마 밑에 한 줄로 늘어선 우리 남매를, 어머니는 등교하는 또래 아이들의 살 부러진 우산 밑으로 한 명씩 끼워 학교로 보내셨다. 비에 젖은 어머니의 겸연쩍은 얼굴을 떠올리면 발끝으로 옴폭옴폭 구멍을 내며 떨어지던 빗방울 소리가 함께 들린다. 추억은 하나의 감각으로 느끼기엔 너무 벅차다. 닦을수록 윤이 나 눈이 부시다.

  동네 아이들이 옆집 장독을 깼다고 야단이 났다. 결 고운 봄 햇살을 받으며 땅속으로 사라진 맛난 간장 자국을 보며 모두 넋을 잃고 서 있었다. 소금기가 느껴지는 깨진 장독 조각을 주우며 문득 어머니의 장독 생각이 살아났다. 간장독에 떠 있던 건고추처럼 빨갛게. 어머니의 윤나던 그 장독들은 어찌 되었을까?

내 키보다 더 큰 배불뚝이 장독들을 매일 윤나게 닦으시던 어머니! 뜨락에 섞여 핀 이름 모를 꽃들도 하나하나 눈길을 주어야 잘 자라듯 장독에도 정성을 쏟아야 장맛이 난다고 하시던 말씀이 생각난다. 해 질 무렵이면 장독대 뒤에 내놓은 낡은 뜰 마루에 앉아 곱게 다진 봉숭아 꽃잎을 새끼손가락에 올려 주시며 건강하라 축원하시던 마음도 부모가 되고 보니 조금은 이해가 된다. 우리들이 다 자란 뒤에도 어머니는 꽃잎을 냉장고에 보관하시며 온 동네 아이들의 손톱까지 빨갛게 물들여 주셨다.

봉숭아가 자라나던 곳도, 무명실로 동여 매주시던 곳도 장독대 주변이었다. 지금 생각해 보면 그때 장독대 주변은 어머니의 공간이었던 것 같다. 방 세 칸짜리 시골집에서 팔 남매를 키우신 어머니만의 소중한 공간이었나 보다.

나도 아이들이 어렸을 때 가끔 나만의 공간이 있었으면 좋겠다고 하소연했다. 앞 베란다는 아이들 물건으로 가득하고 작은 방엔 남편의 책이며 컴퓨터로, 작은 내 책상 하나 들여놓을 틈이 없었기 때문이다.

어머니도 어머니만의 공간이 필요하셨을 것이다. 마당 한 켠에 당신이 심어둔 상추며 풋고추가 자라는 걸 보시며 삐걱거리는 뜰 마루에 앉아, 도시락 여섯 개가 빠져나간 여유로운 한낮을 즐기셨을 것이다. 젊은 한때 방황하셨던 아버지에 대한 원망도 그곳에서 삭히셨을지 모르겠다. 비 오는 날이면 한두 마리씩 장독 뚜껑 위에 나타나던 청개구리의 울음소리가 구슬프게 들린 이유도 그래서이지 않을까. 어머니의 유품에서 나온, 눈물자국 바랜 나의 대학 합격 통지서에서도 장독대 한구석에 웅크리고 앉아 계신 어머니의 모습을 보았다.

장독대는 일 년 내내 어머니 것이었다. 봉숭아꽃이 진 꽃밭에 국화가 피고 뒤편엔 홍시가 익어가던 가을에도, 채반 위에 무말랭이가 얼었다 녹았다 하며 말라가던 초겨울에도 어머니의 눈길과 손길은 곳곳에 살아 있었다.

어머니는 장독을 많이 가지고 계셨다. 제일 배불뚝이 큰 독은 쌀독이었는데 첫아이를 가진 둘째 언니가 이빨 빠진 박바가지로 몰래 쌀을 퍼 오독오독 씹어 먹던 추억이 담겨 있다. 박바가지는 한쪽이 깨어져 흰 무명실로 꿰맨 것이었는데 쌀분이 묻어 늘 뽀얗게 흐려 있었다. 이 상한다고 번번이 혼나면서도 언니는 열 달 내내 쌀알을 입에 물고 살더니 쌀분만큼이나 피부가 뽀얀 딸을 낳았다.

보리쌀을 씻으실 때는 언제나 장독 뚜껑에서 뽀도독뽀도독 소리가 났다. 혼식을 국가에서 적극 장려하고 점심시간이면 선생님이 일일이 도시락 검사까지 하던 시절이라 늘 보리밥을 해서 소쿠리에 담아 두셨다. 그리곤 끼니때마다 쌀보다 더 많은 양의 보리밥을 넣어 다시 밥을 지으셨다. 어머니가 힘껏 보리쌀을 씻으시던 모습이 그땐 왜 그렇게 신기하고 재미있어 보이던지 소꿉놀이할 때 모래알로 흉내내곤 했었다. 모래알로 밥 지어 꿈 섞어 먹던 유년의 소꿉놀이.

어머니의 장독 중에서 두 개는 간장독이었다. 햇살 좋은 날 뚜껑이 한 번씩 열리면 그 독엔 투명한 빨간 건고추 몇 개와 잘 탄 숯이 떠 있었다. 물론 요상한 냄새를 풍기며 시렁 아래 매달려 있던 메주도 잠겨 있었다. 메주는 우리가 빼먹은 콩알 자리가 빠끔빠끔 파인 모습이었다. 새끼줄에 달려 있는 동안 허연 곰팡이가 여기저기 끼어 있어도 제 모습으로 박혀 있는 누런 콩알을 빼먹는 재미는 경험해 보지 않은 사람은 모른다.

지금도 생각나는 정말 참한 장독이 하나 있다. 그 독에는 우리가 모두 좋아하던 깻잎김치가 담겨 있었다. 낮에 소쿠리 수북이 따오신 깻잎을 방안에 비워 두고 온 가족이 밤늦게까지 차곡차곡 크기대로 챙겨 끈으로 묶었다. 방 안이 온통 깻잎 향으로 가득했다. 어머니는 깻잎김치를 참 맛나게 담그셨다. 잘 삭은 깻잎김치가 밥상에 오를 때면 곁에 앉으셔서 먹기 좋게 밥그릇에 총총히 걸쳐 주셨다. 그 깻잎김치 향이 아직도 코끝을 맴돈다.

이제 우리 팔 남매는 모두 결혼하여 각지에 흩어져 산다. 아버지마저 돌아가신 지금은 어머니의 장독대도, 푸성귀들이 자라던 텃밭도 어찌 되었는지 아무도 모른다. 배불뚝이 장독의 행방도 알 길이 없다. 길가에 핀 봉숭아꽃을 볼 때나 맛있는 깻잎김치를 먹을 때면 어머니의 사랑과 눈물이 배어 있을 그 장독들이 보고 싶다. 먼저 떠나신 어머니만큼이나.

내 유년의 삽화

I

떡갈나무 열매에는 특별한 그리움이 깃든다. 가끔 동화책에서
다람쥐들이 도토리를 갉아 먹는 그림을 보면 먼 기억 속에서 사
각거리는 소리가 울린다.

더위가 한풀 꺾이고 뒷산 너머 서늘한 바람이 불어오기 시작
하면 우리 남매는 어머니를 따라 광목으로 만든 자루를 들고 도
토리를 주우러 갔다. 그럴 때 우린 소풍 나온 다람쥐가 되었다.
어머니에게는 일 년 치 밑반찬을 준비하는 힘든 일이었지만 철
없는 우리는 도토리를 몇 알 줍다 금세 지루해져 펑퍼짐한 바위
하나를 차지하고 앉아, 굵은 도토리 뚜껑을 그릇 삼아 소꿉놀이

를 시작했다. 어머니의 자루가 어서 가득 차기를 기다리며.

그렇게 며칠 뒷산을 오르내리며 도토리를 주워 모으시고 물에 담가 쓴맛을 뺀 후 방앗간에 가서 고운 가루로 내어 오셨다. 시집간 언니들에게 먼저 한 자루씩 보내고 나면 광 한쪽에 자리를 잡았다.

가끔은 도토리 가루를 바가지로 퍼내어 앙금 가라앉히기를 반복한 후에 커다란 가마솥에 설설 김이 나도록 끓이셨다. 뜨거운 도토리 가루 물을 그릇에 부어 담으면 그릇 모양대로 제각각인 묵이 되었다. 묵이 빨리 굳기를 기다리며 손가락으로 몰래 콕콕 찔러 보던 우리는 부엌문 앞에 나란히 앉아 어머니를 재촉했다.

나무에서 떨어진 도토리 한 알이 어머니의 손을 몇 번 거쳐야 묵이 될까. 그 긴 수고의 끄트머리에서 잠시 기다리는 일조차 지루해하는 우리를 보며 어머니는 어떤 생각을 하셨을까.

"기다려야 해. 서둔다고 되는 게 아니야. 차분히 기다릴 줄도 알아야지."

어머니는 조용히 이르셨다. 시간이 필요한 일이 묵 한 그릇뿐일까. 지금 생각해 보면 어머니의 목소리는 낮고 조용했지만 그 가르침은 깊고 지혜로웠다. 팽팽하게 굳은 묵을 썰어 한 그릇씩 담아주시면 우리는 부뚜막에 걸터앉아 젓가락 사이로 술술 빠져 나가는 묵을 먹으며 낄낄 신이 났다. 묵 맛은 기다림만큼이나 쌉싸름하면서도 황홀했다.

완성된 도토리묵을 작은 레고 블록같이 도막도막 썰어 볕 좋은 날 며칠 동안 말렸다가 별미 반찬을 만들어 내셨다. 말린 묵을 먹을 만큼씩 물에 다시 불려 팬에 볶아낸 뒤 갖은양념을 넣어 무쳐 주셨는데, 쫄깃쫄깃한 맛은 지금 생각해도 입에 침이 고인다. 가끔 그 맛이 생각나 시장에서 사 온 묵으로 흉내를 내보지만 영 맛이 나질 않는다. 허리 굽혀 한 알씩 주운 어머니의 정성이 담기지 않은 탓인지, 아니면 음식은 레시피가 아니라 결국 손맛이 좌우하는 것인지.

지금 생각해 보면 팔 남매를 키우시면서 한 번도 큰소리로 꾸짖지 않으신 것 같다. 어머니는 밤늦게까지 뾰족한 대나무 바늘을 요리조리 움직이며 요술을 부리셨다. 언니의 스웨터가 풀려 동생의 모자가 되고, 아버지의 낡은 목도리가 내 벙어리장갑이 되기도 했다. 우리는 그 곁을 맴돌며 긴 겨울밤을 보냈고, 그러다 한 번씩 호기심에 손을 넣어 어머니의 실타래를 엉망으로 만들어 놓기도 했다.

우리가 엉켜 놓은 실타래를 보고도 긴 한숨을 내리 쉬시곤 조용히 얽히고설킨 실타래의 끝을 차근히 찾아 나서셨다. 경험이 있는 사람이라면 누구나 짐작할 수 있을 것이다. 엉킨 실타래의 끝을 찾기가 얼마나 어려운지. 그리고 반드시 그 끝을 찾아야 실타래를 풀 수 있다는 것도…

굵고 거친 손끝으로 엉킨 털실 타래와 한참을 이리저리 씨름하시다 그 끝을 찾아 솔솔 풀어내셨다. 하지만 끝을 찾지 못하시거나 완전히 매듭이 지어져 더 이상 풀어낼 수 없을 때는, 어느 한 곳을 가위로 싹둑 잘라서 스스로 끝을 만드셨다.

살다 보면 가끔은 생각지도 못한 실타래를 만나게 된다. 그럴 때는 긴 한숨을 쉬고 실마리를 찾아 나서시던 어머니의 눈빛을 떠올린다. 천천히 끝을 찾아 나서야 한다. 실마리를 찾기만 하면 의외로 일은 잘 풀려간다. 도저히 내 힘으로 끝을 찾지 못할 때는 어머니의 과감한 가위질을 생각한다. 가슴을 저미는 아픔이 우리 앞을 가로막고 있어도 헤매며 울지 말자. 어머니처럼 가끔은 매듭을 만들어 실마리를 스스로 찾자. 그리고 잊지 말자. 가위질로 만들어 낸 실마리는 다시 솔솔 실을 풀어내고, 그렇게 여기저기 매듭으로 이어진 실은 따스한 장갑이 되어 다시 태어난다는 사실을…

문득문득 어머니 생각이 날 때가 있다. 빨래하다 구멍 난 양말을 보면 작은 헝겊 덧대어 꿰매 주시던 알뜰함이, 깨진 유리 조각을 보면 내가 하기 싫은 일은 남도 하기 싫은 일이라던 말씀이, 산행길에 만나는 도토리 한 알에서 어머니의 부지런한 손길이 살아난다. 그리고 이따금 내가 해결해야만 하는 실타래를 만날 때도 어머니의 침착함과 결단력이 떠오른다. 그럴 때 생각한다. 짧은 시간이었지만 지혜로운 어머니가 계셨다는 건 큰 축복이라고. 그러니 살과 피를 나누시며 함께 심어주신 성품을 잘 지키며 살아가리라고.

II

아침에 일어나 등교 준비를 하면 아버지는 우리 필통에서 연필을 꺼내 깎아주셨다. 언니랑 동생의 필통 옆에 내 필통도 나란히 줄을 섰다. 낮은 테이블 위에 신문지를 깔고 문구점에서 파는 검은색 접이식 칼로 연필을 깎으셨다. 그리곤 연필 키를 맞춰 필통에 가지런히 넣어주셨다.

왼손에 연필을 잡고 오른손엔 칼을 쥐고, 칼등을 천천히 밀어내면 기다란 물고기 비늘처럼 깎여 나갔다. 천천히 연필을 돌려가며 같은 속도, 같은 힘으로 연필을 깎는 모습이 어린 눈에는 마법 같았다. 잘 깎인 팔각형 연필은 매끈하게 예뻤다.

그러고는 연필을 신문지에 수직으로 세우고 심을 깎아주셨는데 심을 긁듯이 위에서 아래로 천천히 깎으면 까만 가루가 신문지 위에 쌓였다. 고학년인 언니 것은 내 것보다 조금 뾰족하게, 1학년 동생 것은 조금 뭉툭하게 깎으셨는데 글씨 쓰기에 적당하게 조절해 주셨던 것 같다.

길이가 짧아진 몽당연필은 아버지가 쓰시던 볼펜 자루에 끼워 주셨다. 그러면 내 새끼손가락만 하던 연필도 금세 키가 자랐다. 작은 우리 손에 알맞도록 볼펜 자루를 칼로 잘라 적당한 길이로 만들어 주셨는데 생각해 보면 아버지의 그 모든 적당함은 사랑, 나직한 사랑이었다.

몽당연필도, 떠나신 아버지도 그리워지는 가을 아침이다. 햇살에 온 얼굴을 맡기고 하늘을 우러러 침 한번 꼴깍 삼켜 본다. 박하사탕 같은 알싸한 그리움이 몰려온다.

그리움의 날개가 고향 집 마당 자두나무와 살구나무로 나를 이끈다. 우리 남매들을 위해 아버지가 묶어주신 그네는 살구나무 오른쪽 팔뚝에 달려있었다. 풍족하지 못했던 시절에 뒷마당 한구석에 만들어주신 그네는 화려하지 않았지만 우리 남매 모두 좋아했다. 중학생이었던 다섯째 언니부터 초등학생이었던 나와 남동생, 그리고 일곱 살 막냇동생이 다 같이 즐길 수 있는 적당한 높이였다. 적당한 때에 그넷줄을 바꿔 주시는 것 또한 아버지의 몫이었다.

어느 해던가. 시골 살림살이에 도움이 될까 하여 돼지를 치시

겠다며 뒷마당에 돼지우리를 짓는다고 하셨다. 팔 남매가 먹고
도 남을 만큼 새콤달콤한 과실을 맺던 자두나무도, 살구나무도
밑동이 잘렸다. 그때는 그 나무 한 그루가 내 삶의 한 모퉁이에
서 얼마나 큰 그리움으로 자리잡을지도 모른 채 단지 그네가 없
어진다는 사실만으로 마당 가운데 퍼져 앉아 두 다리를 바동거
리며 울었다.

"내 그네, 내 그네."

창문을 넘어 들어오는 바람결에 그리운 유년의 울음소리를 듣
는다. 그리고 아버지의 마음을 생각한다. 그런 결단 역시 아버지
의 고민 끝에 나온 적당함이었을 거라고.

세월은 눈으로 보인다

"누나, 초상 날은 그날만 초상이지, 제삿날은 잔칫날이야. 돌아가신 엄마가 우릴 찾아오시는 날이니까."

어머니가 돌아가시고 여섯 번째 맞는 기일이었다. 지방을 쓰며 동생은 낮은 목소리로 말했다. 슬픈 마음을 갖지 말라고 날위로하는 게 아니라 일곱 명의 누이를 대표하여 제사를 모셔야하는 자기 마음을 추스르는 말인 듯했다. 우리는 남해며 대구며각지로 흩어져 살다 바람 끝이 차가워지는 음력 9월 8일이 되면어김없이 한자리에 모인다.

세월은 몸으로 느끼기 전에 눈으로 먼저 보인다. 3년 간의 투병 생활 끝에 두고 가신 삼 남매까지도 제짝을 찾아 가정을 꾸렸고 외손주만도 일곱이 늘었다. 딸만 두어 늘 걱정하셨던 둘째 언니는 떠나신 지 두 달 뒤에 정말 떡두꺼비 같은 아들을 낳았고, 당시 여고생이었던 막내도 배불뚝이 예비 엄마가 되었으니 엄마가 두고 가신 6년의 세월이 눈에 보였다.

"우리 주희, 용식이 잘 부탁해요, 엄마."

고3, 중3 입시생을 두고 있던 큰언니가 잔을 올리며 기원하는 손끝이 떨렸다. 당시 오십의 문턱에 들어서던 큰형부도 그 기원 속에서 세월을 느꼈을 것이다.

엄마 속을 많이 썩인 딸이라고 자책하던 다섯째 언니! 신혼여행에서 돌아오자마자 거동을 못 하시는 어머니의 병 수발을 하며 혼자만이 아는 마음의 빚을 갚았다. 언니는 어머니가 입원해 계셨던 같은 병동에서 첫애를 낳으면서도, 어머니가 아시면 같이 산고를 겪게 될 거라며 우리를 입단속 시키고 혼자 난산을 이겨냈다. 심한 임신 중독증으로 태아를 포기해야 할지도 모른다는 말을 듣고도 언니는 아기를 지켰고, 그렇게 힘들게 태어난 아이가 학교에 들어갔다. 솜씨 좋은 언니가 구워낸 전을 가지런히 매만졌다.

잔을 차례로 올리며 함께 장만한 음식 위에 수저를 고루 올려 놓았다. 감염을 우려해 날음식을 먹지 못했던 어머니는 무더운 여름에도 푸성귀는 고사하고 과일 한쪽 드실 수 없었다. 제철 없이 나는 잘 익은 수박을 제사상에서라도 실컷 드시고 가시길 바라며 조심스럽게 수박 위에 수저를 올렸다.

상을 물리고 아버지의 오래된 앨범을 정리했다. 흑백 사진 속에 어릴 적 우리 팔 남매가 살고 있었다. 한겨울인데도 아래가 터진 내복을 입은 남동생은 고추를 드러내 놓고도 해맑게 웃고 있었다. 딸 여섯을 낳고 얻은 종손이라 동생이 태어난 날 밤에 시골집 담 위엔 촛불이 밤새 환하게 켜져 있었다고 한다. 사진 속에 있는 밑 터진 내복을 얼마나 입혀보고 싶으셨을까.

막냇동생은 도토리 뚜껑 같은 머리 모양을 하고 오촌 아저씨가 일본에서 보내온 낡은 옷을 입고도 뭐가 그리 좋은지 큰 앞니 두 개를 드러내고 있었다. 언니들의 결혼식 사진 속에 계신 어머니는 하나같이 슬픈 눈빛에, 덩그렇게 앞이 들린 촌스러운 한복 차림이었다. 마지막 여행이 되고만 제주도 여행 사진에서도 어머니는 우리가 입다가 버려둔 싸구려 티셔츠를 입고, 성산 일출봉 바다보다 더 허허로운 웃음을 짓고 계셨다. 빨간 점퍼에 청바지, 멋지게 등산모까지 눌러쓴 동네 아주머니들 속에 서 계신 모습을 보고 울컥 눈물이 났다. 그땐 팔 남매가 모두 자란 후였는데 왜 예쁜 옷 한 벌 해드리지 못했을까.

병상에 계실 때 어머니는 난생처음 아버지께 모시 저고리를 선물 받으셨다. 깔깔한 촉감을 손으로 느끼며 어머니는 밥풀처럼 뽀얀 저고리를 쓰다듬고 또 쓰다듬으셨다.

"당신 퇴원할 때 이 옷 입고 집으로 가자고 사 왔어. 그러니까 이 여름이 끝나기 전에…"

아버지의 바람은 이루어지지 못했다. 구절초가 바람에 나부끼던 가을 어느 날, 아버지의 사랑이 담긴 모시 저고리는 걸쳐 보지도 못한 채 당신의 관을 채우는 보공(補空)이 되고 말았다.

어머니가 나를 낳으셨던 때를 떠올려 본다. 서른 중반의 어머니가 낳은 여섯째 딸인 나는 주위의 축복을 받지 못했을 게 분명하고, 그러니 어머니는 산후조리도 제대로 못 받으셨을 것이다. 하지만 어머니는 천덕꾸러기 여섯째 딸이 아니라 건강하고 당당한 한 사람으로 나를 부끄럽지 않게 키워 주셨다.

제사를 모신 다음날 구절초 사이에 홀로 누워 계신 어머니를 찾은 우리는 무덤가에서 천진하게 웃고 떠들었다. 물 마를 새 없었던 어머니의 월남치마 자락에 매달려 얼굴을 비비던 아이처럼 그 곁을 맴돌았다.

"엄마, 우리 사이좋게 잘 지낼게. 우리 걱정은 이제 하지 마. 또 올게."

어머니가 키워 주신 세월보다 우리에게 주고 가신 세월을 더 아끼며 살리라 다짐한다. 어머니가 두고 가신 지난 세월이 그렇듯 세월은 흘러 묻히는 게 아니라 선연히 살아남아 보이는 것이 기에.

그립다, 그립다, 그립다

추억은 힘이 세다. 중학교를 졸업하면서 고향을 떠났으니 기억조차 희미한 십 대 초반의 추억이 그 시절을 그립게 하니 말이다. 세월에 익을수록 과거의 시간이 소중해지고 그리워지는 걸 보니 나이가 드나 보다. 지나간 것이기에, 돌이킬 수 없기에 아쉽고 기억에서만 남아있기에 더 아련하게 그립다.

커다란 종이 한 장을 펴놓고 긁적여 보았다. 다시 열두 살 소녀가 되어 고향 집 뒷마당으로 돌아가 뜰 마루에 누웠다. 마중물 한 바가지에 벌컥벌컥 물줄기를 쏟아내던 펌프, 그 위에 대롱거리며 달려있던 표주박, 텃밭에 열린 못난이 가지와 오이, 처마 아래 매달린 무시래기, 초롱불 같은 꽃송이 뿌려놓던 뒷마당 감나무, 바람 부는 날 휘날리던 빨래들과 장대, 처마 위 소쿠리에 무말랭이와 빨간 고추, 절반이 넘게 움푹 닳은 감자 껍질 긁는 숟가락, 한겨울엔 행주까지 꽁꽁 얼어붙던 부뚜막, 그을음투성이 석유난로, 아궁이 앞 풍로와 부지깽이. 그들이 그립다.

브로치가 얌전하게 꽂힌 엄마의 고름 없는 한복 저고리, 친구들의 허리에 질끈 묶여있던 보자기 책가방, 학교 가는 길가의 키 큰 미루나무와 밀밭, 껍질 벗겨 먹던 찔레순, 당번이 보자기에 받아 오던 커다란 급식 빵, 육성회비, 선생님의 가정 방문, 이마 위 부스럼, 잔디씨 모으기, 채변 봉투와 해충약, 머릿니와 서캐. 그 시절이 그립다.

자동차 소리와 텔레비전 소리에 사라진 그리운 소리. 보자기 책가방 속 도시락 달그락거리는 소리, 함석지붕 비 듣는 소리, 빨랫돌 두들기는 엄마의 방망이 소리, 아궁이 불꽃들 파닥거리는 소리, 가마솥 밥물 넘치는 소리, 때맞춰 울리는 괘종시계 소리, 보일러 물 끓는 소리, 마당에 암탉 우는 소리, 소독약 뿜는 따발총 소리, 장날 아이스케키 아저씨의 반가운 목소리, 온 동네 울려 퍼지던 교회 종소리, 완행버스 안내양과 전화 교환 언니 목소리. 그 소리가 그립다.

가만히 생각해 보면 우리가 잊은 것, 혹은 잃은 것은 '낭만'이 아닐까. 몇 해 전 어느 대기업의 직원 채용 광고가 화제였다. 채용 조건은 '3일 동안 밤을 꼬박 새울 수 있는가? 노래방에서 서른 곡 이상 노래를 부를 수 있는가? 아버지의 시계를 고치다가 고장 낸 기억이 있는가? 비 오는 수요일에 빨간 장미를 사본 적이 있는가? 못생긴 파트너와 3시간 이상 즐겁게 지낼 수 있는가? 3개 국어를 못 해도 3개국 배낭여행을 할 수 있는가? 주머니에 있는 돈을 털어 주고 집에까지 걸어가 본 적이 있는가?' 하는 것이었다. 학벌이 좋거나 외모가 훌륭하거나 외국어 능력이 뛰어난 젊은이를 원하지 않았다. 그들이 원한 것은 도전과 패기, 호기심과 열정, 무엇보다 낭만을 즐길 줄 아는 청춘이었다.

화려한 네일 아트보다 소박하지만 정겨운 봉숭아 꽃물 들인 손톱을 기억하는가. 울타리에 핀 봉숭아 꽃잎을 따서 돌멩이 위에 올려놓고 곱게 빻는다. 진홍빛 물이 뚝뚝 흐르는 꽃잎을 손톱 위에 얌전하게 올리고 봉숭아 잎사귀로 감싼 뒤 무명실로 꽁꽁 동여맨다. 그러곤 조바심에 온밤 잠을 설친다. 빨갛게 물든 손톱을 보고 있으면 열두 살 소녀는 어느새 숙녀가 된다. 빨간 베니* 바른 언니처럼 나도 아가씨가 된 것 같았다.

하지만 이제는 그런 기다림도 설렘도 붉은 열정도 잊고 산다. 시간이 흐르며 손톱이 자라나고, 한입 베어 문 듯 그믐달 모양으

---

* 붉은색을 의미하는 일본어로, 립스틱을 칭하는 표현

로 빠져나가는 꽃물을 보며 흘러가는 시간을 느낄 여유도 없다. 첫눈 올 때까지 손끝에 꽃물이 남아 있으면 첫사랑이 이루어진다는 말도, 눈에 보이지 않는 것의 가치도 잊고 산다.

마음이 더 늙기 전에 낭만을 즐기는 사치를 누려 보고 싶다. 비 오는 수요일엔 빨간 장미를 사고 싶다. 그런 낭만을 공유할 수 있는 친구를 만나고 싶다. 대나무 살로 만든 비닐우산을 쓰고 비 오는 거리를 걷고 싶다. 멀리서 들려오는 빗소리, 아니 마른 흙냄새 솔솔 풍기는 비 냄새를 맡아보고 싶다. 장대 우뚝 솟은 빨랫줄에 하얀 빨래 툭툭 털어 슬픔도 우울도 함께 말려 버리고 싶다.

창밖 빗소리가 잡음도 잡념도 다 잡아주는 밤이면 친구의 전화가 기다려진다.

"웬일로 이 시간에 전화를 다했노?"

"나온나."

"어딜? 비 오는데?"

"그니까 나오라고."

"와? 뭔 일 있나?"

"비 오잖아."

"그니까 왜 불러내냐고? 이 찌적찌적 비 오는 날에."

"그니까 전화했지. 부침개 생각 안 나나?"

"나 원 참."

작은 기쁨을 나누듯 잎을 나누다

　　술이나 약, 혹은 어떤 사물에 빠져 그것 없이는 생활하지 못하는 상태를 중독이라고 한다. 나는 두 가지에 중독되어 있다. 매일 아침을 진한 커피 한 잔으로 시작하는 나는 이미 오래전부터 커피 중독이다. 하지만 요즘 그 진한 커피 향보다 나를 더 꼼짝 못 하게 중독시킨 녀석이 있다. 바로 '다육이'라고 불리는 식물이다.

　　여러 해 전 대전 동학사에 갔다가 잠시 들른 찻집에서 처음으로 다육이를 제대로 보았다. 동행한 분들이 입을 모아 집에서 키우고 있는 다육이 얘기를 꺼냈지만 꽃 하나 피울 것 같지 않은 무뚝뚝한 첫인상이 그다지 매력적이지 않았다. 그러다가 우연히 산행을 다녀오는 길에 친구를 따라 들어간 화원에서 다육이를 다시 만났다. 주먹만 한 화분에 담긴 이상한 녀석들이 모두 다육 이란 걸 알고 감탄이 절로 나왔다.

"어머머, 세상에!"

찻집에서 보았던 다육이와는 색깔도 모양도 크기도 달랐다. 다육이는 건조한 지역에서 살아남기 위해 잎이나 줄기에 수분을 저장하여 살아가는 식물들을 말하는데, 종류만 천 가지가 넘어서 다육이 전문 화원 사장님도 녀석들의 이름을 다 기억 못 하겠다고 한다.

"얘도 다육이에요?"
"사장님, 얘는요?"

감탄사를 섞어가며 귀찮도록 묻고는 달걀만 한 화분에 다육이 몇 개를 심어 돌아왔다.

그날 이후 나의 아침이 달라졌다. 다육이는 커피보다 더 강렬하게 나를 이끌었다. 눈을 뜨자마자 베란다에 나가 녀석들을 살피는 것으로 하루가 시작되었다. 햇볕은 좋아하지만 습기를 삼

가야 하는 습성 때문에 혹시 소나기라도 내릴까 창문을 여닫으며 일기 예보에 귀를 기울였다.

퇴근길에도 화원에 들러 다육이 구경을 하고 싶어 몸이 근질거렸다. 휴일에는 딸아이를 데리고 화원에 나가 실컷 눈요기하고 아이의 맘에 드는 녀석을 두 손에 받쳐 들고 돌아왔다. 남편에게도 저녁 산책하러 나가자고 하고는 화원으로 향했다. 나를 위해 오천 원만 쓸 수 있냐고 애교를 부려 다육이 가족 수를 늘려 갔다.

다육이는 한 달에 한두 번씩 주는 물을 먹고도 잘 자란다. 하지만 다른 화초들처럼 쑥쑥 자라지는 않고 세월을 곱씹어 먹으며 천천히 자란다. 그러다 보니 매일 물 주는 재미도 없고 눈에 띄게 크는 걸 보는 뿌듯함도 없다. 무슨 재미로 키우냐고 하는 사람도 있지만 오히려 난 그런 점이 더 끌렸다. 흙이 바싹 마르고 잎이 쪼글쪼글해졌을 때 물을 흠뻑 주면 잎에 물을 땡글땡글 품고 지혜롭게 자란다. 웃자람 없이 겸손하게, 천천히 야무지게 자란다.

큰아이가 고등학생이었을 때 자작나무처럼 하얀 줄기를 가진 다육이 하나를 책상에 놓아주었다. 아래쪽 잎이 하나씩 떨어지면서 그 자리에 작은 상처를 남기는 다육이를 가리키며

"이렇게 마른 흙에 뿌리를 내리고도 파란 새잎을 피우는 거 좀
봐. 신기하고 기특하지 않니?"

했더니 자기 같은 고3 같단다. 제대로 감정 이입이 된 모양이
다. 강한 햇볕 아래에서 더 씩씩하게 자라는 녀석이 그저 귀엽기
만 한 나와 달리, 고달픈 입시생인 딸아이의 눈에는 가엾고 힘겨
워 보인 모양이다. 그 다육이를 '고삼이'라고 이름 짓고 다른 애
들보다 편애하며 정성을 들였다. 우리 집 고3도 더 힘내기를 바
라는 마음을 담아 고삼이에게 따뜻한 응원의 눈빛을 보내주었
다.
　무심해 보이는 잎 사이로 갑자기 꽃대를 뽑아 올리는 녀석도
있다. 그러고는 또 한 번 사람을 놀라게 한다.

"아냐, 솔직히 그 빛깔은 네게 어울리지 않아."

진심으로 충고하고 싶을 정도로 화려한 빛깔의 꽃을 연이어
피워낸다. 다육이에게도 봄은 있다. 물을 품고 탱글탱글해진 모
습엔 여름날의 싱그러움이 느껴지고, 햇볕을 많이 받으면 가을
단풍처럼 빨갛게 물이 들기도 한다. 겨울에는 추위를 견디며 잠
시 성장을 멈추고 겨울잠을 잔다. 다육이의 겨울이다. 작은 잎에

사계(四季)가 신비롭게 숨어있다.

다육이의 가장 큰 매력은 '잎꽂이'다. 아래쪽 잎사귀를 하나 떼어 흙에 꽂아두면, 아니 그냥 놓아두기만 해도 실 같은 뿌리가 나고 파란 싹이 빼죽 얼굴을 내민다. 작은 잎사귀 하나에 엄청난 생명의 에너지가 있다. 강한 생명력, 왕성한 번식력이라는 말로 간단히 표현하기에는 부족한 경이로움 그 자체. 뿌리가 나서 자리를 잡으면 깨알 같은 아기들이 얼굴을 내밀고 자란다. 그러면 잎꽂이를 위해 처음 놓아둔 엄마 잎은 조금씩 말라 없어진다. 엄마의 에너지를 받아먹으며 아기 다육이는 아주 천천히 강하고 단단하게 자란다.

큰언니 집에서 떼어온 다육이 잎 하나를 종지에 심었더니 새 잎이 돋아 귀엽게 인사를 한다. 요 녀석을 잘 키워 나도 막냇동생에게 분양을 해 주리라 생각하고 있다. 모체(母體)가 튼튼해야 새로 돋는 잎도 건강하다고 한다. 큰언니가 내게 가장 야무진 잎을 골라 건네준 마음 그대로 나도 동생에게 예쁘고 튼튼한 잎을 나눠 주어야지. 적절한 햇빛과 때맞은 물, 통풍과 분갈이까지 정성 들여 키운 다육이 잎사귀 하나. 작은 기쁨을 나누듯, 사랑을 나누듯 그렇게 나누고 싶다.

깨진 유리창의 법칙

교실 게시판에 붙어 있는 시간표의 모습이 하루가 다르게 변했다. 처음엔 하얀 켄트지에 주황색 색종이로 예쁘게 꾸며져 교실 전체를 환하게 해 주었는데 누군가 '국어'를 '북어'로 바꾸어 놓은 날부터 조금씩 달라지기 시작했다. 다음날 '외국어'가 '왜 굶어'로 바뀌더니 며칠 새에 '한문'이 '항문'으로, '체육'이 '제육 볶음'으로 바뀌고 말았다. 그러더니 '윤리'가 '윤락'으로 바뀐 날부터는 주황색 색종이까지 조금씩 찢겨 나가기 시작했다. '국어' 가 '북어'로 자음 하나 바뀐 지 불과 열흘 만에 시간표는 완전히 누더기가 되었고 게시판 전체를 흉물스럽게 만들고 말았다.

범죄 심리학에 '깨진 유리창의 법칙'이라는 용어가 있다. 스탠

퍼드 대학의 한 교수가 치안이 허술한 뒷골목에 두 대의 자동차를 세워 두고 재미있는 실험을 했다고 한다. 두 자동차 모두 고장 난 것처럼 보닛을 열어두고, 한 대의 자동차는 일부러 유리창을 조금 깨뜨린 채 일주일을 그대로 방치해 두었다.

결과는 놀라웠다. 유리창을 조금 깨뜨려 두었을 뿐인데 자동차는 완전히 부서지고 타이어도 빠진 채 엉망이 되었다. 다른 한 대는 세워 둔 상태 그대로 유지되었는데 말이다. 깨진 유리창이 이런 결과를 가져온 것이다. 이것이 바로 '깨진 유리창의 법칙'이다.

교실에 붙어 있던 시간표도 마찬가지다. '국어'가 '북어'로 바뀐 날 누군가 처음 모습으로 깨끗하게 고쳐 두었다면 '윤리'가 '윤락'으로까지 바뀌며 누더기가 되는 일은 아마 없었을 것이다. 이미 망친 것이라는 생각에, 어쩌면 다시 원상태로 돌아가기 어렵다는 생각에 더 과감한 낙서를 할 수 있었던 건 아닐까. 100에서 1만 빠져도 우리는 곧잘 그런 생각을 한다. 이미 온전한 100이 아니라는 생각, 그러다 99가 되고, 98이 되고 그보다 더 쉽게 97이 된다.

초등학교 5학년 때 내 짝꿍은 심술쟁이였다. 쪽지 시험을 치고 짝꿍과 바꾸어 채점할 때면 내 시험지에 동그라미를 쳐주기 싫어서 틀린 답처럼 작대기를 쭉 긋고 난 다음에 억지로 반달 모양

동그라미를 만들며 괜한 심술을 부렸다. 한번은 미술 시간 애써 그린 내 그림에 빨간 물감을 일부러 튕기며 심술을 부렸다. 화가 난 나는 보란 듯이 그 위에 새까만 물감을 마구 칠하고는 책상에 엎드려 엉엉 울어 버렸다. 정성껏 그리던 그림을 망친 것이 속상하기도 하고 짝꿍에게 내가 정말 화가 났다는 걸 보여 주고 싶은 마음도 있었을 것이다. 하지만 결국은 내 손으로 그림을 완전히 못 쓰게 망쳐 버린 셈이다.

돌이켜 보면 그런 생각이 든다. 친구가 튕긴 빨간 물감을 지울 수 없다면 상황을 그대로 인정하고 다른 덧칠을 해서 그림을 완성할 수는 없었을까. 어린 마음에 언짢기는 했겠지만 작은 물감 자국 하나 때문에 그림 전체를 망쳐 버린 것은 어리석었다. 붓을 든 내가 마음먹기에 따라서 물감 자국은 빨간 꽃송이로 피어날 수도 있었을 테고, 감나무 위에 하나 남은 까치밥이 되어 따스하게 그려질 수도 있었다. 그것도 아니면 엄마가 짜 주신 털모자에 달린 빨간 방울이 되어 하얀 도화지 위를 달랑달랑 춤추고 다녔을지도 모른다.

고려시대 문인 이규보의 한문 수필 <이옥설(理屋說)>은 낡아서 무너지게 된 행랑채를 수리하는 중에 얻은 깨달음을 적은 글이다. 수리가 필요한 세 칸 중 두 칸은 지난 장마에 비가 샜는데도 망설이다가 미처 손을 대지 못한 곳이고, 나머지 한 칸은 서

둘러 기와를 갈았던 곳이다. 수리하려고 보니 비가 샌 지 오래된 두 칸은 서까래와 기둥, 들보가 모두 못쓰게 되어 오히려 수리비가 많이 들고, 서둘러 수리한 한 칸의 재목(材木)들은 조금만 손을 보면 다시 쓸 수 있어서 수리 비용이 크게 들지 않았다는 것이다.

집을 수리한 경험을 통해 작가는 사람의 몸도, 나라의 정치도 이와 같아서 잘못을 알고도 바로 고치지 않으면 마치 나무가 썩어서 못 쓰게 되는 것과 같다고 말한다. 완전히 망가진 뒤에 급히 바로잡으려 하면 이미 썩어버린 재목처럼 돌이키기 어렵지만, 작은 잘못을 알았을 때 고치기를 꺼리지 않으면 서둘러 수리한 집처럼 큰 힘을 들이지 않고도 바로잡을 수 있다는 것이다.

삶의 한구석에 깨진 유리창은 없는지 돌아봐야 한다. 깨진 구멍으로 황소바람이 몰아쳐 삶 전체를 흔들어 놓지 못하도록 살펴야 한다. 뒷골목에 세워 둔 자동차처럼, 흉물이 된 게시판의 시간표처럼, 제때 살피지 않아 못쓰게 된 집처럼 적절한 때를 놓치지 말아야 한다.

하지만 그보다도 중요한 것은 유리창이 조금 깨졌다고 전체를 포기할 필요는 없다는 사실이다. 우리 삶을 온전하게, 100으로 지키는 것도 좋지만 좀 부족한 99라도 내 삶임을 인정하고 쉽게 0이 되지 않도록 해야 한다. 어린 시절 내가 망친 그림처럼 말이다.

부끄러움을 가르칩니다

윤오영의 <소녀>라는 짧은 수필이 있다. 열네 살 먹은 소년 '나'가 먼 친척뻘 되는 아저씨 집에서 만난 열세 살 소녀에 관한 이야기다. 안채에 들어가 점심 대접을 받게 된 '나'는 벽 모서리에 걸린 소녀의 분홍 적삼을 보고는 야릇한 호기심에 빠지게 된다. 곤때가 약간 묻은 소녀의 적삼이었다. 적삼을 치우지 않았다는 사실을 뒤늦게 깨달은 소녀는, 무안하고 부끄러워 작별 인사도 제대로 건네지 못하고 숨어서 '나'를 배웅한다. 그렇게도 부끄러운 일이었을까 싶으면서도 달아오른 소녀의 빨간 두 뺨을 생각해 보면 그저 사랑스럽기만 하다. 그 수줍음이 그립다.

옛날에는 부끄러울 일이 참 많았다. 합주 시간에 혼자 한 박자

늦게 친 탬버린 소리에도 얼굴이 빨개지고, 운동회 날 달리기를 먼저 끝낸 남자아이들이 결승점에서 내 가슴을 보는 것 같아 얼굴이 빨개지기도 했다. 밤톨만 한 가슴이 티셔츠 위로 불거져 나오는 게 왜 그렇게 부끄러웠을까. 교복 깃에 살짝 묻은 땟자국이 부끄러워 온종일 마음이 그곳에 머무르기도 했다. 생각해 보면 그렇게까지 부끄러워할 일도 아닌데 그땐 그랬다. 요즘은 나이 탓인지 세상 탓인지 부끄러울 일에도 부끄러움을 느끼지 못하고 조금은 뻔뻔하게 살고 있다는 생각이 든다.

큰아이가 중학교 때 잠깐이긴 했지만 속을 썩인 적이 있다. 사춘기를 겪는 아이의 고민을 들어줄 생각은 하지 않고, 나쁜 친구와 어울려 그런 것이라고만 여겼다. 그 아이만 떼어놓으면 될 거란 생각에

"걔랑 만나지도 말고, 말도 섞지 마. 걘 인상이 너무 안 좋아. 눈빛도 맘에 안 들어."

정말 엄마로서 부끄러운 말들을 쏟아냈다. 그 아이도 누군가의 소중한 딸일 텐데 마치 그 아이가 악마라도 되는 듯 미워했다. 하지만 시간이 약이었다. 불과 몇 달 후 딸아이는 평상심을 찾

았고 마음에 일던 질풍도 잦아들었다. 이미 머리가 굵어진 아이에게 모범생 친구랑만 놀고, 그렇지 않은 친구랑은 말도 하지 말라고 무식하게 말했던 내가 참 부끄럽다.

큰아이가 초등학교 때도 그랬다. 소방서 견학을 갔던 아이가 친구들이 질서를 지키지 않아 앞을 제대로 보지 못했다며 울상이 되어 돌아왔다. 선생님께서 제자리에 앉아서 보라고 했는데 앞자리 아이들이 모두 일어서는 바람에 뒷줄에서는 앞이 보이지 않았다는 것이다. 신기한 광경을 구경하느라 서로 다투어 너도나도 일어섰을 텐데 우리 아이만 선생님 말씀대로 쪼그리고 앉아 고개만 이리저리 애타게 굴렸다고 생각하니 속이 상하고, 그 융통성 없음에 화가 났다. 결국 나는

"바보같이 왜 그러고 있었어? 그럼 너도 일어나서 봤어야지."

하고 말았다. 규칙을 어긴 친구들이 옳지 못했다고 가르쳐야 했는데 아이가 한 행동이 오히려 바보 같았다고 다그친 것이다. 이 역시 부끄러운 고백이다.

박완서가 쓴 <부끄러움을 가르칩니다>라는 소설이 있다. 어린 시절 유독 부끄러움이 많던 주인공이 전쟁과 가난, 근대화 시기를 거치며 속물적인 세태 속에서 순수함을 잃어가는 과정을

그려낸 소설이다. 그러다 물질만이 삶의 목적이 된 현실에서 문득 잊고 있던 부끄러움의 감각을 느끼고 영어 학원, 수학 학원처럼 부끄러움을 가르치는 학원이 필요하다고 생각한다.

세속적인 성공과 출세를 위한 학습보다 삶의 진정성을 회복하는 것이 시급한 요즘이다. 아이는 아이대로, 어른은 어른대로 부끄러움을 잊고 사는 세상이다. 짧은 치마를 입고도 다리를 쩍 벌리고 앉아 음담패설에 가까운 이야기를 떠들어대는 소녀들 속에 분홍 적삼에 묻은 곤때가 부끄러운 소녀는 없다. 어린 제자의 인권을 유린하는 교사, 파렴치한 정치인, 외국인 노동자의 등을 치는 악덕 기업가, 논문 표절로 구설수에 오르는 학자, 부모를 버리는 자식, 자식을 죽이는 부모, 인정도 의리도 저버리고 실리만을 따지는 사람들. 부끄러움을 모르는 세상이 되어가는 것 같다.

'부끄럽지 않은 삶을 살고 있는가'의 문제가 아니라 '부끄러운 일을 부끄러워할 줄 아는가'가 절실한 밤이다.

내 마음속 연가시 한 마리

　'연가시'라는 벌레가 있다. 사진으로 본 첫인상은 마치 녹슨 철사 같기도 하고 갈색 국수 가락 같기도 했다. 그런데 학자들조차 요 녀석이 분류학적으로 기존의 어느 부류와 연관이 있는지 찾아내지 못하고 그냥 선충류의 한 가지라고만 규정하고 있다.

　녀석의 유충은 물속에 살다가 사마귀 같은 육식성 곤충의 몸에 들어가 기생하는데, 보통은 30~40센티미터까지 자라며 길게는 1미터까지 자란다고 한다. 어떻게 곤충의 몸속으로 들어가는지도 아직 여러 가지 설이 있다고 하니 정말 미스터리하다.

　연가시 유충에 감염된 사마귀는 자기 몸속에 다른 벌레가 자라는지도 모른 채 살아간다. 연가시가 점점 자라 사마귀의 온몸을 가득 채우지만, 알 수 없는 존재에게 자기를 통째로 빼앗긴 사마귀는 늘 허기가 진다. 쉴 새 없이 사냥하여 허겁지겁 먹어대도 양분을 다 빼앗길 테니 말이다.

그렇게 시간이 흘러 완전히 성장한 연가시는 세상 밖으로 나올 준비를 한다. 탈출 방법 또한 놀랍다. 자신이 기생하고 있는 숙주의 뇌를 조종해 물가로 데려가 스스로 몸을 던지도록 한다. 물을 싫어하는 사마귀라도 연가시가 신경을 자극해 물로 뛰어들게 만드는데, 물 밖 공기 중에 노출되면 바로 죽게 되는 자신은 숙주가 물속으로 몸을 던지는 순간 숙주의 몸을 뚫고 나온다는 것이다. 이것이 곤충을 자살하게 만드는 불가사의한 생물체, 연가시가 살아가는 방식이다.

알 수 없는 유충 한 마리가 우리도 모르는 사이에 우리 몸속에 들어와 주인 행세를 하는 것은 아닌지 생각해 본다. 그래서 먹어도 먹어도 허기를 느끼며, 가져도 가져도 공허하고 외로운 건 아닐까. 심지어는 그 녀석이 자라고 자라서 온몸을 가득 채우고 뇌까지 조종하여 죽음에 이르게까지 할 수도 있다.

어떤 이는 평생 돈이라는 연가시를 마음에 키우고, 어떤 이는 권력을, 혹은 애욕(愛慾)을 자기보다 소중하게 여기며 산다. 그것이 우리들의 감정을 조종하여 이성까지 눈멀게 하고, 파멸의 늪으로 내몰기도 한다는 것을 깨닫지 못하며 살아간다. 그렇게 어느 순간 찾아든 유충 한 마리에게 소중한 것들을 하나씩 내주기 시작하면 감각은 점점 무뎌지고 결국은 가치 판단도, 선악 식별도 하지 못하는 단계에 이른다.

돈 한 다발은 형제를 등 돌리게 하고 친구에게 눈을 부릅뜨게 한다. 천하보다 귀하다는 목숨까지 걸게 한다. 권력이라는 연가시는 양심을 저버리게도 하고 불의와 타협하는 편법도 가르쳐 준다. 애욕이라는 것은 부끄러움도 잊고 파멸도 두려워하지 않는다.

오래전에 친구가 자기 남편이 주식으로 큰돈을 벌어 차를 바꿔주었다고 자랑했다. 그러면서 남편이 관련 업계에서 일을 하고 있으니 여윳돈이 있으면 한번 믿고 맡겨보라는 제안에 귀가 솔깃했고, 선의를 베푸는 듯해서 고맙기까지 했다. 운이 좋았는지 아니면 친구 남편의 능력 덕분인지 큰돈은 아니지만 이득을 보았다.

그런데 친구에게 고마움을 전하면서 놀랍게도 머릿속에 얄팍한 계산식이 세워지고 있었다. 100을 투자하여 1을 얻은 것이라면, 1000을 투자했다면 10배의 이득을 얻을 수 있었겠다는 생각이었다. 불로 소득의 짜릿한 쾌감 때문일까. 아직 주머니에 들어오지도 않은 돈뭉치가 인간성을 마구 흔들어 놓았다.

그 당시 형편이 어려워진 지인에게 약간의 돈을 빌려준 상황이었다. 큰 금액은 아니지만 급히 돈을 융통해야 하는 지인의 형편에 조금이라도 도움이 될까 하여 금액보다는 마음을 담은 배려였다. 지인에게 걱정하지 말고 편한 마음으로 급한 불부터 끄라고 했던 진심은 사라지고, 그 돈을 여기에 투자했더라면 적어도 3배의 이득은 더 보았겠다는 야박한 생각이 스쳐 갔다.

물론 지인에게 말을 꺼내지는 않았지만 그런 생각을 잠시라도 했다는 게 무섭고 수치스러웠다. 몇 푼 되지도 않는 돈, 심지어 수고로 주어진 것도 아닌 횡재 몇 푼에 잠시 눈이 멀었다. 그래서 선하게 베풀었던 진심, 지인의 어려운 형편에 대한 연민과 공감을 송두리째 팽개쳤다.

다른 시각으로 이해득실을 따질 필요가 있다. 어떤 잣대를 가지고 있느냐에 따라서 얻는 것이 오히려 잃는 것일 수도 있고, 물질적인 손해가 더 소중한 것을 지킬 수도 있다. 세상살이가 힘들고 무서워진다고들 한다. 연일 인륜을 저버리는 살벌한 소식들이 들려오고, 가정이 해체되고 사회가 무너지고 있다는 말도 듣는다. 중요한 것을 잃어버린 공허한 우리 마음에 몰래 들어온 연가시 한 마리가 소중한 삶을 망치고 있는 것은 아닌지 되짚어 봐야겠다. 채워지지 않는 이 욕심이 나의 의지가 아니라 무언가에 속고 있는 것은 아닌지 말이다. 어쩌면 지금도 자라고 있을 내 마음속 연가시 한 마리.

내게 세월을 돌려준다 하면

공자는 나이 마흔을 불혹(不惑)이라 하고, 쉰을 하늘의 명을 깨닫는 나이라는 의미로 지천명(知天命)이라 했다. 그리고 예순에는 생각하는 것이 원만하여 남의 말을 들으면 곧 이치를 깨달아 이해하게 된다고 이순(耳順)이라 했다. 굳이 공자와 같은 성인이 아니더라도 생각해 보면 세월이란 녀석이 우리 같은 평범한 사람들에게도 많은 깨달음을 준다.

나는 몰랐다. 어린 시절 생일 때마다 삶아주시던 귀하고 맛있는 계란을 엄마는 왜 좋아하지 않으셨는지. 자식 입에 음식 들어가는 모습을 보는 것이, 당신 입으로 즐기는 맛보다 더 맛있고 행복하다는 것을 두 아이의 엄마가 되고 보니 조금 알 것 같다.

자식들 귀찮게 한다고 말씀하시며, 전화드릴 때마다 '오지 마라, 올 필요 없다' 하시던 일흔다섯의 아버님의 진심을 스물여섯 살의 어린 새댁이던 나는 정말 몰랐다. '오지 마라'는 말씀이 '보고 싶다'의 다른 표현이라는 것을. 하지만 막상 고집을 부려 찾아뵈면 한껏 반기며 내미시는 누룽지 맛 사탕 한 알. 이젠 그 구수한 맛을 알 것도 같다.

어느 시인의 시에서 배웠다. 참깨를 털 땐 모가지가 떨어지지 않게 살살 두드려야 한다고. 성급하게 힘껏 두드려 모가지가 통째로 떨어지면 일이 더 번거로워진다는 것을 혈기 넘치던 젊은 시절에는 이해하지 못했다. 사랑을 하는 데도, 재산을 모으는 데도 인내와 절차가 필요하다. 인내와 기다림을 모르고 매사를 한 번에 해결하려는 것이 얼마나 헛된 욕심인지를 알 것 같다.

탄력 없는 피부에 주름투성이 할머니가 된 오드리 헵번을 보고 사람들이 왜 아름답다고 하는지 몰랐다. 하지만 어느 순간부터 기아(飢餓)에 허덕이는 아프리카 아이를 안고 안타까운 표정을 짓고 있는 그녀가 <로마의 휴일> 공주보다 더 아름답게 보였다. 새롭게 세워진 마음의 잣대는 인생의 값진 선물이 분명하다.

나는 몰랐다. 바로 가는 길보다 돌아가는 길을 선택하는 것이 더 현명할 때도 있다는 것을. 사람들은 지름길을 좋아한다. 쉽고 빠른 길을 마다할 사람은 없다. 하지만 살아 보니 알게 된다. 빠르게 가는 길이 능사가 아님을. 오히려 천천히 돌아가면서 얻는 많은 것을 지름길에서는 놓칠 수도 있다. 조금은 돌아가는 길로 건너 왔다. 쉽게 살진 못했지만 돌아보니 함께 걸어온 길이 아름다웠다는 것을 이젠 알 것 같다.

만약 누군가 다시 세월을 돌려준다고 하면 어떻게 할까? 불투명한 미래에 대한 방황과 고뇌로 가득했던 이십 대라면 굳이 돌아가고 싶지 않다. 나이들기 전에는 생각지 못한 것들이 참 많았다. 노랫말처럼 피는 꽃도, 지는 꽃도 저리 곱고 예쁜 줄 몰랐다. 나이가 들기 전엔 봄이면 으레 피는 들꽃에 마음을 둘 정신이 없었으니까.

이제는 알아야겠다. 상처가 아물면 새살이 돋는다는 것을. 또 새살이 돋아나도록 상처를 잘 어루만져야 한다는 것을. 오늘 할 말을 내일로 미뤄야 할 때도 있다는 것을. 비판의 시선은 남보다 나를 먼저 향해야 한다는 것을. 취하는 것보다 버리는 것이 더 중요할 때도 있다는 것을. 그리고 세월에 따라 변해야 할 것도 많지만 절대 변하지 말아야 할 것도 많다는 것을. 모두 인생이 우리에게 준 선물이다. 감사히 받아야 할 귀중한 선물이다.

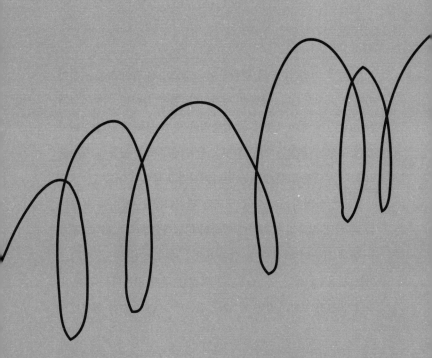

결국 사랑이
우리를 알게 한다

뒷동 할아버지

아침 일곱 시, 현관문이 조심스럽게 열리고 뒷동 할아버지가 들어오신다. 정확한 시간이다. 뒷동 할아버지는 지난겨울 빙판길에 넘어지신 후 바깥출입을 못 하시는 우리 할아버지를 찾아오는 유일한 친구분이다. 할아버지 댁의 뒷동에 사신다고 하여 우리는 그분을 뒷동 할아버지라고 불렀다.

뒷동 할아버지는 큰아들 내외와 같이 사시는데 아들 부부는 둘 다 시내 지하철 공사장에 일하러 다닌다고 한다. 그런데 문제는 올해 팔순이 되신 뒷동 할아버지가 아파트 현관문을 잠그고 여는 법을 잘 몰라 아들 내외가 열쇠를 주지 않는다는 것이다. 차근차근 가르쳐 드리면 될 것도 같은데 무슨 실수를 하셨던지 열쇠를 맡기지 않는단다. 그래서 출근하는 아들 내외와 함께 일찍 집을 나와 계시다가 저녁때가 되어 아들 내외가 돌아오면 집으로 들어가실 수 있다고 했다. 그러다 보니 가끔은 몇 번씩 집을 오가며 문이 열리기를 기다려야 할 때도 있었다.

아파트 노인정에 들어가기는 너무 이른 시간이라 항상 문을 잠그지 않는 우리 할아버지 댁에 소리 없이 들어와 할아버지 방에서 두 분이 시간을 보내셨다. 바깥출입이 어려운 할아버지의 말벗이 되어주는 것이 고마워 가족들이 모두 반기는데도 늘 폐가 될까 조용히 출입하셨다. 오전 열 시가 되면 달성공원을 가기 위해 슬그머니 일어나 인사도 없이 나가셨다. 시내버스로 30분은 족히 걸리는 그곳을 거의 매일 가셨다.

팔순 노인이 혼자 오가기 먼 거리를 매일 찾는 데는 그만한 이유가 있다. 벌이가 빠듯한 살림이라 자식들에게 점심값을 매번 받아 쓰기 미안해 당신의 점심을 스스로 해결하러 가시는 것이다. 할아버지께 노인정에 가서 식사해도 되지 않냐고 여쭈었더니 그곳도 한 달에 한 번 일정액의 회비를 내야 한다고 하시며, 달성공원에 가면 어느 자선 단체에서 주는 점심을 무료로 먹을 수 있다고 하셨다.

일요일에는 평소보다 더 일찍 나가시는데 버스가 붐비지 않기 때문이기도 하지만, 그보다도 예배에 참석하기 위해 서두르신다. 하지만 우리는 알고 있다. 뒷동 할아버지의 부지런한 행보는 경건한 예배보다도 예배 후에 나눠주는 천 원짜리 돈봉투에 가 있다는 것을.

그런데…… 그 연세에 끼니를 걱정해야 하고, 감기에 걸려도 편히 누울 곳 하나 없는 뒷동 할아버지께서 내달 15일에 팔순 잔 치를 하신단다.

"서울 사는 성공한 사위가 큰돈을 내서 시내 호텔에서 잔치한 단다. 영감이 얼마나 자랑을 하는지. 했던 말 또 하고, 또 하고."

우리 할아버지의 말씀을 듣고 왠지 마음이 착잡했다. 그날 하 루쯤 아무 걱정 없이 자식들이 베푸는 잔치를 즐기시기를 바라 는 마음도 있었지만, 그보다도 그 잔치가 진정 뒷동 할아버지를 위한 것이 아니라 자식들 얼굴 세우는 자리가 아닐까 하는 걱정 때문이다. 날씨가 궂어 공원에 못 가시는 날엔 주머니에 있는 푼 돈으로 길거리에서 파는 어묵으로 허기를 면할 때도 있다던데 자식들은 그런 일과를 알고 있기나 할까.

우리 속담에 '내리사랑은 있어도 치사랑은 없다.'라는 말이 있 다. 부모가 자식을 사랑하는 것만큼 자식이 부모를 사랑하기는 힘들다는 의미다. 다산 정약용도 자식들에게 친구를 사귀는 방법을 일깨워주는 글에서 부모와 자식의 사랑에 대한 메시지를 전하고 있다.

부모가 자식을 사랑하는 것은 본능이라 오히려 의로움을 가르치지 못할 때가 많으니 지나치지 않도록 경계하라고 한다. 자식 일이라면 마냥 사랑스러워 손이 되어 주고 발이 되어 주다 보면 의(義)를 가르치는 데 소홀할 수 있다는 것이다. 자식의 잘못을 일깨우기보다는 사랑이라는 이름으로 눈이 멀어 그저 덮으려고만 하는 부모는 자신뿐 아니라 자식의 눈까지 멀게 하는 어리석음으로 평생을 살게 될지도 모른다.

자식에 대한 부모의 사랑이 본능이라면 반대로 부모에 대한 자식의 사랑은 노력이 필요하다고 다산은 말한다. 그래서 친구를 사귈 때도 그 집에 며칠을 묵으면서 그가 부모에게 어떻게 하는지 태도와 마음을 살핀 후에 판단하라고 권했다. 부모에게 불효하는 사람은 자기 형편이 좋을 때는 비위를 맞추고 순종하지만, 상황이 나빠지면 쉽게 등을 돌릴 수 있는 사람이라는 것이다. 천륜으로 이어진 부모조차 사랑하려고 노력하지 않는 사람은 친구 역시 가볍게 여길 수 있다.

뒷동 할아버지의 내리사랑을 생각해 본다. 아마 자식들은 아무것도 모르고 있을지도 모른다. '나는 괜찮다, 아픈 데 하나도 없다, 너거가 고생이지.' 자식들에게 짐이 될까 봐 불평 한마디

없이 하루하루의 무게를 홀로 이겨내시는 듯하다. 그것이 자식 둔 부모 마음이니까.

　낡은 구두, 일 년이 지나도록 똑같은 바지, 지난가을 우리 할아 버지께서 벗어주셨다는 점퍼. 오늘도 어김없이 밥 한 그릇을 찾 아 일어서시는 뒷동 할아버지의 좁은 등 뒤로 잘 차려진 특급 호 텔 잔칫상이 겹친다. 그 잔칫상 너머에서 우리 자식들 최고라며 어깨춤 추시는 뒷동 할아버지가 보인다.

뜻밖의 선물

경북 상주 화동은 내가 태어나서 고등학교 진학을 위해 그곳을 떠나기 전까지 열여섯 해를 지낸 곳이다. 하지만 가족들이 모두 고향을 떠났고 돌아가신 부모님마저 아버지의 고향인 선산에 묻히셔서 더 이상 그곳을 찾을 일이 없어졌다. 그저 마음속에 어린 시절 뛰놀던 곳으로만 남아 있을 뿐이다.

그런데 일가친척 하나 없는 고향을 일 년에 한 번 찾을 일이 생겼다. 고향 친구들의 모임이 생겼기 때문이다. 시골 중학교를 함께 졸업한 친구는 130여 명이었지만 먼저 떠난 친구도 있고, 어디서 어찌 사는지 소식을 알 수 없는 친구도 있고, 생업에 바빠 마음의 여유가 없는 친구들도 있다 보니 매해 모이는 사람은 불과 30여 명 남짓이다. 부모님이 아직 살아계신 친구들은 고향을 찾을 일이 있겠지만 나는 이 일이 아니면 고향 갈 일이 없다 보니 웬만하면 모임에 빠지지 않으려고 한다.

몇 해 전 모임에 참석하였더니 하필 비가 내리고 있었다. 축구라도 한 게임하자며 교실에 모여 앉아 비가 그치기를 기다렸다. 창밖으로 보이는 운동장엔 잡초들이 무성했다. 운동장에 웬 풀들이 저렇게 자랐을까 했더니 뛰어놀 아이들이 없어 그렇단다. 우리가 학교 다닐 때는 400명에 가까운 아이들이 운동장을 뛰어다녀 땅이 단단하게 다져졌었는데, 지금은 재학 중인 학생이라고 해봐야 전교생이 30명도 안 되니 대도시의 한 학급 인원쯤 되는 셈이다. 운동장이 잡초밭이 될 수밖에 없겠구나 싶어 격세지감이 느껴졌다.

처음 모임을 하기로 했을 때 우리는 모교에 연락해서 후배들에게 도움이 될 만한 일을 하고 싶다는 뜻을 전했다. 그랬더니 학교 측에서 교실에 선풍기를 달아 줄 수 있겠느냐고 조심스럽게 부탁을 해왔다.

그 이야기를 전해 듣고 가슴에 찡하는 아픔이 느껴졌다. 에어컨을 켜고 선풍기까지 돌려놓고도 덥다고 툴툴거리는 우리들 위로, 창문을 열고 푸른 산자락 바라보며 더위를 견뎠을 시골 후배들의 모습이 겹쳐졌다. 시골이 도시보다는 시원하다고 하지만 에어컨은 고사하고 선풍기도 없이 공부하고 있었다니. 이마에 송골송골 맺힌 아이들의 땀방울이 그려졌다. 십시일반 주머니를 털어 모은 돈으로 교실마다 선풍기를 넉넉하게 달아 주었다. 그해 여름은 어느 해보다 행복하고 시원했다.

그다음 해에도 모임을 앞두고 학교에 연락했고 학교 측의 바람대로 탁구대 두 개를 마련해 주었다. 아이들 수가 적으니 축구나 배구 같은 운동보다 탁구를 더 즐기는 모양이다.

그해 모임을 위해 학교를 찾아갔을 때 또 한 번 놀랐다. 운동장 한구석에 시멘트로 만든 탁구대가 있었기 때문이다. 시멘트 위에 초록색 페인트를 칠하고 흰색 테두리를 그려 넣은 탁구대였다. 후배들이 이런 부족한 환경에서 지냈다는 생각에 가여웠지만, 한편으로는 그동안 아이들은 여기서 탁구를 치면서도 깔깔깔 즐거운 시간을 보냈겠지 하는 생각도 들었다. 어쩌면 어디에서도 즐길 수 없는 흥미진진한 야외 탁구 경기가 되었을지도 모르겠다. 시멘트 상판에 부딪혀 풀밭으로 날아간 탁구공을 찾느라 머리를 맞댄 까까머리들의 부산스러움이 정겹게 그려졌다.

지금도 우리는 매년 약간의 장학금을 마련하여 후배들에게 전하고 있다. 액수가 적어서 전하는 손조차 부끄러운데 감사 편지를 잊지 않고 전해온다. 아이들은 삐뚤빼뚤한 손글씨로 감사와 다짐의 말을 담아냈다. 표현은 서툴러도 그 안에 담긴 마음은 굳고 곧다. 선배들이 보여준 작은 정성에 힘을 얻고, 자신들도 훗날 더 많은 사람들에게 도움이 되겠다는 흐뭇한 약속이다.

십수 년 전, 내가 근무하는 학교 운동장에서 졸업생들이 모여 총동창회 체육대회를 하는 것을 본 적이 있다. 놀랍게도 자동차 두 대를 경품으로 행사를 하고 있었다. 물론 지금은 그런 식의 행사는 없어졌지만 당시 내게는 좀 충격이었다. 하지만 통 크고 푸짐하게 치러지는 그 모습보다 오붓하고 소박한 우리 모임이 더 의미 있고 아름답다는 생각이 들었다.

올해도 어김없이 그리운 친구들이 모였다. 포도 농사를 짓는 성민이가 직접 만들어 온 포도주를 한 잔씩 나눠 마시며 교정 풀밭에 둘러앉았다. 사는 곳도 다르고 하는 일도 다르지만 열여섯 살 소년 소녀로 돌아가 그때 누가 누구를 짝사랑했었다느니, 누구누구는 몰래 담배를 피우다 선생님께 혼이 났다느니 하며 아주 오래된 기억을 들추며 몇 시간씩 수다를 떨었다.

탁구 게임을 하여 게임에 진 두 친구에게 벌칙으로 사이좋게 손을 잡고 학교 앞 구멍가게에 가서 어릴 적처럼 아이스크림을 사 오게 했다. 그리곤 모두 옛날처럼 아이스크림을 하나씩 입에 물었다. 오기가 발동한 친구들은 장난스럽게 농사짓는 친구들의 오이밭, 포도밭을 내기로 걸고 족구 게임도 했다. 머리보다 발이 더 느린 나이가 되고 보니 게임을 하는 사람보다 우스꽝스러운 그 몸짓을 구경하는 사람이 더 즐거웠다.

만남이 이어질수록 우리 곁으로 세월이 흘러가고 있다는 걸 실감하게 된다. 친구 욱이와 결혼한 정말 참한 필리핀 색시의 한국말 실력이 한 해 한 해 다르게 유창해지고, 어느새 셋째 아이까지 태어나 씩씩한 소년이 된 걸 보면 말이다. 도시 생활을 접고 귀농한 친구도 이제 완전히 농사꾼 냄새가 난다. 매해 잊지 않고 수확한 오이를 한 박스씩 보내주는 고마운 친구다. 마트에서 오이 값을 보면 오른 물가가 걱정스럽기도 하지만 오이 농사 짓는 친구 생각이 나서 한편으론 기분이 좋아지기도 한다.

모임을 마치고 돌아오는 길에 단짝친구 애정이의 친정집에 들렀다. 엄마의 손길이 바쁘셨다. 지난밤에 "남선이도 모임에 오냐?" 물으셨다는 엄마는 내 몫으로도 반찬을 바리바리 싸두고 기다리고 계셨다. 묵은지에 고추장, 씀바귀김치, 깻잎김치, 오늘 막 담갔다는 깍두기와 물김치, 감자볶음까지 한 통 가득 담아 주셨다. 정성으로 가꾸고, 쪼그리고 앉아 하나하나 다듬으신 손길을 생각하니 냉큼 챙기기가 송구스러울 정도였다. 먹고 가라고 내놓으신 쑥버무리를 보고 돌아가신 엄마 생각이 나서 울컥했다. 부엌에 쪼그리고 앉아 염치없이 손으로 막 집어 먹었더니 그것마저 봉지에 다 담아 주셨다.

"이것도 마저 다듬어 주려고 했는데 어쩌나."

하시며 텃밭에서 기른 쪽파를 다듬으셨다. 친정 부모님이 다 돌아가신 내가 안쓰러우셨던 모양이다. 돌아서는 내 등을 쓸어내리시며 친정이라 생각하고 자주 놀러 오라 하신다.

집으로 돌아와 보물들을 하나씩 풀며 또 한 번 엄마의 마음을 느낄 수 있었다. 김칫국물이라도 샐까 걱정되셨는지 하나하나 꼼꼼하게도 챙기셨다. 비닐을 여러 겹 둘러싸고 노란 고무줄로 동동 동여맨 그 정성 어린 손길이 그대로 느껴졌다. 사실 한 달 넘게 몸 상태가 안 좋아 약으로 버티느라 이번 귀향길은 좀 망설였다. 하지만 고향, 친구, 추억, 씀바귀김치, 쑥버무리 그리고 따뜻한 엄마를 생각하니 다녀오길 참 잘했다는 생각이 들었다.

사람에게 힘이 나게 하는 것, 함께 버텨 나가는 힘, 그것은 결국 따뜻한 정(情)이다.

열다섯 살짜리 내 남자친구

기부 천사로 알려진 연예인 부부가 등장하는 공익 광고가 있었다. 1,000명의 대중에게 우리의 관심이 필요한 사람은 누구라고 생각하느냐고 물었더니 배우고 싶어도 못 배우는 학생과 결식아동들, 돈이 없어서 병원 못 가는 사람들, 생계가 어려운 이웃이라고 자신 있게 대답하였다. 그래서 해결 방법이 무엇이라고 생각하느냐는 질문에도 일자리 나누기, 무엇보다 관심과 함께하는 마음이 필요하다고 답했다. 하지만 지금 당신은 어떻게 하고 있냐는 마지막 질문에는 바빠서 못하고 있다며 이제 해야 하지 않겠냐고 웃는다. 우리는 우리 주변에 관심이 필요한 이웃이 있고 그들에게 어떤 도움이 필요한지 알지만 실천의 한 발을 내딛지 못하고 있다.

새해를 맞으며 온 가족이 목표 하나를 세웠다. 봉사 활동을 시작하는 것이다. 큰아이는 매달 둘째 주 토요일마다 정신 장애가 있는 언니들이 사는 재활원에 가기로 했고, 나는 셋째 주 일요일 오후에 해체된 가정의 아이들이 모여 사는 청소년의 집에 학습봉사를 다니기로 했다. 둘째 아이는 동네에 있는 공공도서관에서가 정리 등을 하는 봉사 활동을 정기적으로 가기로 했다. 가장 어려운 봉사를 결정한 사람은 바로 남편이다. 평소에도 집안일을 많이 하는 편이지만 내가 봉사 활동을 가는 날을 포함하여 한 달에 두 번씩 적극적인 가정 봉사를 하기로 했다. 살림이 서툰 나로서는 그 무엇보다 도움이 필요하다. 그런데 어제는 눈치를 보니 자신도 봉사지를 바꾸고 싶은 위험한(?) 생각을 하는 것 같다.

아이들에게 나누는 삶의 가치와 보람을 가르치는 것은 참 중요한 일이다. 하지만 형식적이고 일시적인 봉사 활동은 의미가 없다. 봉사 활동을 마일리지처럼 차곡차곡 쌓으면 상급 학교 진학에 도움이 된다고도 들었다. 하지만 그런 식으로 봉사를 강요하는 것은 교육적인 면에서 볼 때 오히려 역효과가 난다.

많은 부모가 우리 아이들은 우리처럼 살지 않기를 바란다. 스무 살이 될 때까지는 교과서에 파묻혀 먹고살 직업 찾기 바빴고,

그리고 다시 스무 해는 아이들을 키우며 하루하루 먹고살기 바빴다. 아직 그 삶은 현재 진행형이다. 그렇게 나이가 들다 뒤돌아보면 뭐가 남을까. 잘 자란 아이들? 아니면 노후를 위해 아등바등 모아둔 은행 잔고? 그리고 쓸쓸한 백발. 돈 모으는 재미나 시간에 쫓겨 앞만 보고 달리는 삶이 아니라 뭔가 보람 있는 일의 가치를 아이들에게 일러줄 필요가 있지 않을까 싶다.

대학 시절 나는 매주 화요일마다 맹아 학교에 봉사 활동을 다녔다. 내가 하는 일은 나의 파트너인 중학생 아이를 위해 참고서의 보충 자료나 문제집에 있는 문제를 카세트테이프에 녹음해서 전해 주는 일이었다. 교과서는 점자로 된 것이 있지만 참고도서는 점자로 된 것이 없었기 때문이다. 가끔은 아이들의 요청이 있을 때 그들의 외출에 동행하기도 했다. 한번은 인선이라는 여자아이가 콘서트 티켓을 보여주며 함께 가달라고 했다. 맹아 학교가 대학교 캠퍼스 안에 있어서 누군가에게 얻은 모양이었다. 음악 동아리에서 주최한 콘서트였는데 꼭 가보고 싶다고 했다.

약속한 날 기숙사로 찾아가 인선이를 데리고 공연장으로 향했다. 시각 장애인용 접이식 지팡이가 있었지만 인선이는 내 팔짱을 끼고 고개를 까닥거리며 신이 났다. 우리는 맨 앞자리 중앙에 앉았다. 자유석이었지만 인선이는 그 자리를 고집했다. '앞이 보이지 않는데 맨 앞에 앉는 게 의미가 있을까?' 솔직히 나는 그런 생각이 들었다.

공연이 시작되자 인선이는 속삭였다.

"언니, 지금 누가 나왔어요?"

그때 알았다. 내가 그곳에서 해야 하는 일은 어설픈 학예 발표
회를 감상하는 것이 아니라 인선이를 위한 생중계라는 것을.

"응, 잘생긴 남학생 네 명이 나왔는데, 두 명은 기타 치고 청바
지 입었어."

인선이는 신나는 음악이 나오면 손뼉까지 치며 공연을 즐겼
다. 공연의 막바지에 여학생 하나가 품바 차림을 하고 깡통을 들
고나와 객석을 돌며 품바 타령을 했다. 인선이를 위해 나는 나의
표현력을 총동원해서 생중계했다.

"빨간 조각천을 덕지덕지 붙인 거지 차림을 하고, 찌그러진 깡
통을 들고, 얼굴에는 시꺼면 칠을 우스꽝스럽게 하고…"

인선이는 까만 눈동자가 없는 허연 눈을 껌뻑거리며 내 말에

귀를 기울였다. 그런데 어느 순간 '이 아이는 언제부터 세상을 보지 못한 걸까? 내가 말한 빨간색을 알까? 깡통은? 기타는? 잘생겼다는 남학생 얼굴은 어떤 모습으로 그려질까?' 하는 생각이 스쳐 갔다. 시력을 잃은 게 아니라 태어나면서부터 시력을 얻지 못한 것이라면 인선이는 빨간색을 한 번도 보지 못했을 것이다.

하지만 내가 연민에 빠진 순간에도 인선이는 보이지 않는 눈으로 무대로 두리번거리며 웃고 있었다. 자기 나름의 그림을 그리며 누구보다 즐겁게 그 순간을 즐기고 있었다.

일주일에 한 번씩 맹아 학교 아이들을 만나고 돌아오는 버스 안에서 스무 살의 나는 어떤 생각을 했을까? 나는 앞을 볼 수 있어서 행복하다거나 누군가에게 도움을 줄 수 있는 대단한 사람이라고 생각하지는 않았을 것이다. 몸은 피곤하지만 그냥 행복하고, 의미를 부여하기 어려운 뭔가를 얻어가는 풍성한 마음은 아니었을까.

다음 주에 나는 청소년의 집으로 경호를 만나러 간다. 축구 선수가 꿈인 아이와 함께 책을 읽고 일기도 쓰고 이야기도 나눌 것이다. 경호를 '도우러' 가는 것이 아니라 열다섯 살짜리 내 남자 친구를 만나 요구르트라도 한잔하며 그동안 어떻게 지냈는지 얘기도 듣고 내 얘기도 들려주러 간다.

처음 그곳에 방문했을 때 아이들을 돌봐주시는 수녀님께서 아이들의 마음을 걱정하시며 여러 가지 당부를 하셨다. 함께 간 일행의 대부분은 시설 정비나 청소 등 아이들을 직접적으로 만나지 않는 일을 부탁하셨다. 그리고 아이들을 가르쳐 본 경험이 있는 몇몇 사람에게만 꾸준히 방문하겠다는 다짐을 받으신 후에야 아이들을 소개해 주셨다. 봉사라는 이름으로 불쑥 몰려왔다가 지키지 못할 약속을 남발하고 무책임하게 연락을 끊는 경우가 종종 있어, 아이들이 상처를 입고 사람들을 불신하는 마음을 갖게 되었기 때문이라고 하셨다. 말씀을 듣고 나니 수녀님의 꼼꼼한 일 처리가 이해되었다. 갖고 싶다는 축구공을 다음달에 선물해 주겠다는 약속에 아이는 얼마나 설레며 하루하루를 손꼽아 기다렸을까 생각하면 가슴이 아리다.

한번은 자원봉사센터에서 진행하는 가족 봉사 프로그램에 참여할 기회가 있었다. 가족 전체가 함께하는 봉사라 아이들에게도 좋은 경험이 될 거 같아 신청했다. 자원봉사에 대한 간단한 연수와 봉사 활동 중 활용할 페이스 페인팅 교육을 받은 후에 중증 지체 장애인 시설로 향했다. 바깥 활동이 힘드신 분들이라 그런지 우리의 방문을 아주 반겨주셨다. 식사하시는 것도 도와드리고 말벗도 해드리며 시간을 보냈다. 그런데 봉사 활동을 혼자 다닐 때와 달리 함께 간 두 딸아이가 자꾸 신경 쓰였다. 어떤 생각을 하고 있을까. 어떤 마음으로 돌아가게 될까.

"엄마는 쌍꺼풀이 없는 눈으로 태어났고 아빠는 부정 교합이야. 지난번에 말했던 엄마 제자 섭이는 색맹이라 진로 방향을 바꿨어. 고관절을 다치신 상할아버지는 가족들의 도움을 받을 수밖에 없지만 예전엔 주위 사람들 일을 엄청 도우며 사셨대."

두서없는 말이었다. 집으로 돌아오는 차 안에서 하는 말에는 맥락이 없었다. 일부 사람들은 본인의 의지와 상관없이 선천적으로 장애를 갖고 태어나기도 한다고, 사람마다 다를 수 있는 신체적 특징을 말하고 싶었는데 나의 외꺼풀 눈과 남편의 부정 교합을 끌어온 것은 너무 유치했다.

또 각자의 신체적 장애 때문에 다른 방향의 삶을 살기도 하고 후천적인 장애로 도움을 받아야 할 때도 있다고 얘기하고 싶었다. 재활원에서 만난 분들도 일상생활을 하기에 불편한 장애를 갖고 계시다는 것과 그래서 서로 도움이 필요하다는 것, 연민의 마음이 나쁜 것은 아니지만 그분들의 삶 자체를 부정적으로 바라보아서는 안 된다고 말해 주고 싶었다.

"영아, 원아. 봉사는 나보다 불행한 사람을 돕는 것이 아니야. 어려움을 겪고 있는 사람이 있으면 당연히 서로 도와야 한다는 마음에서 출발해야 해. 우리는 서로 연결되어 있으니까."

큰아이 채영이는 이번 달에 재활원 언니들이 좋아한다는 마사지 팩을 붙여주러 간다고 한다. 눈과 코가 뚫린 팩 한 장을 얼굴에 붙이고 누워있는 그곳 언니들 곁에 앉아 무슨 얘기를 나눌까? 잔소리쟁이 엄마 흉도 보고 수학 학원 그만 다니고 싶다는 하소연도 할까.

서로 사랑하지 않으면 멸망하리

원단 회사를 운영하는 미카엘라가 자기 사무실에 미사보(미사 등 공식 전례 때 세례를 받은 여성 신자들이 쓰는 머릿수건) 1,000장이 쌓여 있는데 어떻게 해야 할지 모르겠다고 했다.

"여기저기 필요한 사람들에게 미사보 기부를 하며 아름다운 나눔을 하던 형제님이 계셨는데 매년 우리 회사에 주문을 해오셨어요. 올해도 특별히 예쁜 레이스 원단으로 준비해 두었는데 갑자기 지병으로 돌아가시는 바람에 배송도 못 한 채 그대로 있어요."

마음이 고운 미카엘라는 금전적인 손해보다 돌아가신 형제님에 대한 가엾은 마음이 더 커 보였다. 이미 미사보로 만들어진 것이라 달리 활용하기도 어렵고, 아무렇게나 버리기도 마음이 무거워 그냥 두고 있다고 했다.

미카엘라에게 100장만 내게 줄 수 있겠냐고 했더니 어디에 쓸지 묻지도 않고 흔쾌히 허락해 주었다. 돌아가신 분의 아름다운 마음과 미카엘라의 따뜻한 배려가 담긴 것이니 허투루 쓰지는 않을 거라고 믿어주는 마음 또한 고맙고 사랑스러웠다.

한 달에 한 번 언니들이 모여 사는 고향 집에 갈 때마다 미사 드리러 가는 작은 성당이 있다. 경북 상주 사벌국면에 있는 퇴강 성당이란 곳이다. 120년의 역사를 지닌 오래된 성당인데 성직자, 수도자를 많이 배출한 곳으로 이름이 나 있다. 그런데 여느 시골이 다 그렇듯 젊은이들은 도회지로 떠나고 연로하신 어르신들 40여 명이 모여 미사를 드리고 계셨다. 행동이 조심스럽기도 하고 남의 집에 예고 없이 찾아든 손님 같아 늘 뒷자리 구석에서 미사를 드렸다. 뒤에서 보니 어르신들의 미사보가 많이 낡아 보였다. 물론 미사보가 화려할 필요는 없지만 오랜 신앙생활의 흔적이 그대로 보였다.

미카엘라에게 미사보 이야기를 들었을 때 제일 먼저 그 어르신들 생각이 스쳤다. 선뜻 내준 미사보를 들고 시골로 달려갔다.

한 장 한 장 담을 수 있는 비닐 포장지를 챙기는 것도 잊지 않았다. 언니들과 둘러앉아 혹시 실밥이 풀렸거나 작은 구멍이라도 난 곳은 없는지 꼼꼼하게 살펴 정성껏 포장했다.

다음 날 아침 미사 시간보다 일찍 성당에 도착하여 수녀님께 가방을 전해드리며, 그냥 아무 말씀 마시고 필요하신 분들께 조용히 나눠 달라고 말씀드렸다. 곧 부활절이 다가오니 선물로 하나씩 드리면 너무 좋겠다고 하시며 내 손이 민망할 정도로 고마워하셨다. 그런데 그다음 날 수녀님 중 한 분께 연락이 왔다. 양해를 구할 일이 있다고 하시며 조심스럽게 말씀하셨다.

"자매님께서 주신 미사보 중 7개 정도만 제가 따로 사용해도 될까요? 제가 다음 달에 캄보디아로 선교를 나가는데 그곳 아이들 생각이 나서요. 그곳 아이들은 미사보가 없어서 엉성하게 실로 짜서 만들어 쓰기도 해요."

우리는 쉽게 구할 수 있지만 그곳 자매들에겐 더없이 귀하겠다는 생각이 들었다. 성모님의 장미가 짜인 하얀 레이스 미사보를 자기 것으로 가지면 얼마나 좋아할까. 수녀님께 미사보의 출처를 차근히 말씀드리고 쓰실 곳이 더 있으시면 미카엘라의 도움을 받아보겠다고 말씀드렸다. 사정 얘기를 하면 미카엘라의 고운 심성으로 기꺼이 허락해 줄 거라고 믿었다. 다음주에 가지고 갈 테니 염려 마시라 전하며 혹시 더 필요한 건 없으시냐 여쭈었더니

"사실 모든 것이 다 부족하지요. 이번에 들어갈 때는 특별히 여자아이들의 생리 속옷을 좀 구해가려고 해요."

하셨다. 가슴이 툭 내려앉고 괜스레 눈물이 핑 돌았다. 캄보디아 여행 중에 들렀던 톤레사프 호수에서 만났던 아이들의 까만 눈동자가 떠올랐다. 예상대로 미카엘라는 흔쾌히 미사보 100장을 더 내주며 좋은 곳에 의미 있게 쓰이는 것이 행복하다고 웃어주었다.

일주일 만에 다시 만난 수녀님께 미사보와 생리 속옷 후원금을 전해 드렸다. 엄밀히 보면 미사보 나눔은 미카엘라의 배려와 사랑으로 된 것인데 중간에서 내가 감사의 인사를 듣고 있는 것 같아 아이들의 생리 속옷을 사는 데라도 보탬이 되고 싶었다. 수녀님은 입술을 꽉 다물고 두 손을 맞잡아 주셨다. 고맙다는 말에 고맙다는 말이 계속 꼬리를 물어 제대로 인사도 드리지 못하고 도망치듯 와 버렸다.

수녀님은 캄보디아로 떠나셨다. 도착 후 여유가 생기는 대로

소식을 전해 주겠다고 약속하셨다. 까만 머리 위에 새하얀 장미 미사보를 쓰고 두 손을 모은 아이들을 상상해 본다. 수줍은 표정으로 속옷 한 장씩을 받아 들고 집으로 달려가 혼자 꺼내 보며 웃음 지을 아이들의 상기된 볼의 온기를 그려 본다.

수녀님은 한 달은 더 지난 후에 사진 몇 장을 보내 주셨다. 소박한 살림살이가 짐작되는 거처의 모습과 특별한 행사에서 깨끗하게 차려입은 아이들의 단체사진, 미사보를 쓰고 위아랫니를 다 드러내며 활짝 웃는 사진이었다. 즐거워하는 아이들만큼이나 함께 계신 수녀님은 더 행복해 보이셨다. 하지만 생각했다. '아무리 그래도 나만큼 행복할까?'

인문학과 석사 과정을 공부할 때 통합생태론 교수님께서, 더하기(+)의 삶에서 빼기(-)의 삶으로 삶의 방식을 바꿔 보라고 하셨던 기억이 난다. 삶 속에서 빼기를 어떻게 적용할 수 있을지 성찰하는 것을 과제로 내 주셨는데, 예상대로 대부분이 물질보다 정신적인 면에서 빼기를 적용했다. 고가의 물건이 문제가 아니라 그 바탕에 깔린 마음에 문제의식을 느낀 것이다. 내가 가진 여덟을 열로 채우고 싶어 둘을 더 가지려고 애를 쓰는 것이 더하기의 삶이라면, 이미 가진 여덟 중에서 불필요한 몇 개를 빼내거나 열을 채우고 싶은 마음을 덜어내는 것이 빼기의 삶이다.

오늘은 더 나아가 나누기의 삶을 생각해 본다. 나누기(÷)는 세상에서 가장 아름다운 부호다. 내가 가진 여덟을 너와 내가 나누면 똑같이 넷을 가진다. 내가 가진 여덟을 두 개씩 가지면 나와 너, 그와 그녀가 모두 똑같이 가질 수 있다. 하여 나누기는 사랑이며 서로에 대한 믿음이다.

미치 앨봄의 ≪모리와 함께 한 화요일≫에서 죽음을 앞둔 모리 교수님이 애제자에게 전하는 마지막 한 마디도 사랑에 관한 것이다. 사랑을 나눠주는 법과 받아들이는 법을 배우는 것이 인생에서 가장 중요한 일이라고 말한다. 유언과도 같은 마지막 인터뷰에서 사람들에게 당부한다. 연민을 가지고 서로에게 책임감을 느껴야 하며, 그렇게 하면 이 세상은 훨씬 좋은 곳이 될 거라고. 그러면서 좋아하는 시 한 구절을 덧붙였다. 서로 사랑하지 않으면 멸망하리라고.

웃어라, 그러면 세상도
그대와 함께 웃으리라

입꼬리 성형 수술이란 게 있다. 말 그대로 입꼬리를 살짝 올려주는 수술인데 젊은 여성들뿐만 아니라 중년층 사이에서도 인기라고 한다. 입매를 조금만 교정해 주면 인상이 부드럽게 변하고 귀여운 이미지를 만들어 주기 때문에 요즘 뜨고 있는 동안(童顔) 만들기의 한 방법이다. 실제로 웃는 모습만으로도 5~10년 정도는 젊어 보일 수 있다고 하고, 좌우 대칭으로 입꼬리를 살짝 올리면서 윗니가 많이 보이게 웃는 모습은 사람을 젊어 보이게 한다.

충분히 이해는 된다. 다 믿을 수는 없겠지만 관상학적으로도 처진 입꼬리는 궁핍해 보이고 재물이 새어 나가는 관상이라고 하니, 그런 인상을 가진 사람들이 들으면 성형을 고민해 볼만 하다. 관상학까지 거론하지 않더라도 그냥 보기에도 입술이 처져 있으면 심술궂어 보이고 화가 나 있는 것 같기도 하여 괜한 오해를 사기도 한다. 환한 미소가 사람의 이미지를 끌어 올리는 힘을 지닌 것이 확실하다.

내가 예전에 근무하던 학교에는 스마일 선발 대회가 있었다. 참가 학생들이 환하게 웃는 얼굴 사진을 게시하고 학우들의 스티커 투표로 수상자가 선발되는데 우열을 가리기가 쉽지 않다. 객관적인 기준에 따라 얼굴이 잘생긴 친구를 뽑는 대회가 아니기에 더 어렵다. 미소가 특별히 아름다운 사람이 있긴 하겠지만 사람마다 자신의 얼굴에 어울리는 미소가 있는 것 같다.

열일곱, 열여덟 살 남자아이들의 웃는 모습은 제각기 다르면서도 모두가 멋지고 보기에 좋았다. 공부에 지친 아이들이 그 순간만큼은 세상 근심 없는 아기가 되어 해맑게 웃고 있었다. 웃음은 감기처럼 강력한 전염성이 있나 보다. 참가하는 학생들은 카메라를 향해 웃었지만 그 사진을 보는 이들은 마법에 걸린 사람들처럼 사진 속 미소를 흉내내며 따라 웃게 된다. 행복해서 웃는게 아니라 웃으니까 행복해진다는 말처럼 웃는 사람도, 보는 사람도 모두가 행복해졌다.

'웃상'이란 신조어가 있다. 웃는 듯한 인상을 가진 사람을 두고 이르는 말로 호의의 표현이다. 이목구비가 또렷한 조각 미남 만큼이나 상대방의 마음을 훈훈하게 하는 힘이 있다. 우리나라 뿐 아니라 대부분의 문화권에서 웃는 얼굴을 긍정적인 표현으로 이해하고, 또 그런 얼굴에 호감을 느낀다.

그런데 가끔 웃는 얼굴이 화근이 되는 경우를 본다. 먹고 살기 팍팍해서 웃을 일이 없다는 사람들은 상대적으로 다른 사람의 웃음에 관대하지 못하고 부정적인 반응을 보일 때가 있다. '저 사람은 뭐가 좋다고 웃는 거지? 기분 나쁘게', '왜 나 보고 웃어요?' 하고 따질 때는 당황스러워 할 말을 잃는다. 웃는 낯에 침 못 뱉는다는 우리 속담이 무색해졌다. 나는 웃을 일이 없는데 상대만 웃으면 화나는 세상, 상대가 나보다 더 크게 웃으면 내 일은 웃을 일이 아닌 게 되는 시대를 살고 있다.

개인적으로 인도차이나반도에 있는 라오스를 좋아한다. 책에서 우연히 관련 여행기를 읽고 무작정 그곳이 가보고 싶어졌다. 방학에 맞춰 6개월 간격으로 세 번을 다녀온 라오스는 문맹률이 40%를 넘고 평균 수명이 60세를 넘지 못하는 나라다. 하지만 세계 최빈국에 속하면서도 행복지수는 높은 나라다. 생활이 좀 불편할지는 몰라도 그들은 행복하다. 생활이 불편하다는 판단 또한 이방인의 관점일 뿐 그들의 생각은 아니다.

라오스를 다녀온 사람들은 모두 그들의 미소를 잊지 못한다.

그래서 라오스를 소개하는 가장 흔한 수식어가 '아름다운 미소의 나라', '순박한 미소의 나라'다. 아름다운 미소를 뽑는 사진전에서 라오스 소녀를 모델로 한 작품이 대상을 받았다는 이야기도 있고, 어느 사진작가는 '라오스의 미소'라는 사진전을 열기도 했다.

라오스 사람들은 눈만 마주쳐도 웃는다. 이방인에 대한 경계심도 없이 순박한 미소로 인사한다. 연예인이나 서비스업의 일부 종사자들은 Smile exercise라며 환하고 아름답게 웃는 연습을 한다고 하는데 라오스 사람들의 미소는 어떤 훈련이나 연습으로 만들어지지 않았을 것이다.

웃는 모습에서 우리는 사람의 본성을 짐작하기도 한다. 선량한 그들의 미소는 햇볕처럼 따뜻하고 친근하며 느긋하고 건강하다. 삶은 궁핍할지 몰라도 이미 행복한 부자들이다. 인간이 만들어낸, 인간만이 가질 수 있는 가장 아름다운 보석을 가졌기 때문이다.

라오스어 인사말은 "싸바이디"다. 그들 특유의 억양이 있는데 '디'를 조금 길게 뺀다. 사진 찍을 때 우리가 입꼬리를 올려 '김치'라고 하는 것처럼 '싸바이디'도 그런 효과가 있는 것 같다. 인사를 하다 보면 절로 입꼬리가 올라가며 미소가 지어지니 말이다. 며칠 집 앞을 지나가며 그렇게 인사를 나누다 보면 손짓을 한다. 자기 집으로 들어오라는 것인데 환대의 열쇠는 싸바이디와 함께 짓는 미소였다. 웃음은 의심을 녹이고 소통하는 에너지를 제공하는 시그널이다.

한동안 소식이 없는 친구에게 연락했더니 웃음 치료사 자격증 교육을 받느라 바쁘다고 했다. 매주 교육원에서 강의를 듣고 나중엔 합숙하며 실습도 한다고 하는데 속으로는 살짝 의문이 들었다. 웃음으로 뭘 치료하겠다는 것인지, 이 나이에 그걸 배워 어디다 쓰려는 것인지 이해가 안 됐기 때문이다.

웃음의 어원인 헬레(hele)가 건강(Health)에서 온 것이라고 하니 웃음 뒤에 치료라는 말이 붙은 것이 영 말이 안 되지는 않는다. 친구는 스트레스나 질병으로 웃음을 잃은 사람들에게 웃는 방법도 알려 주고, 웃음을 통해 마음을 치료할 수 있도록 돕는 일이니 배워 두면 어디든 쓸 곳이 있지 않겠냐고 했다. 그리고 무엇보다 웃음 치료사 자신이 먼저 웃고, 웃음을 전하기 위해 즐거운 마음을 가지려고 노력하게 되는 것도 좋다며 소리 내 웃었다. 혹시 이 웃음도 연수에서 배운 것일까, 하는 생각이 들어서 나도 따라 웃고 말았다.

꽃 중의 꽃은 웃음꽃이라고 했다. '일화개 천하춘(一花開 天下春)'이라는 옛 시구처럼 꽃 한 송이가 피어 천하가 봄이 되듯 사시사철 피는 꽃, 사시사철 지지 않는 웃음꽃이 피어 온 세상을

봄날로 만들 수 있으리라 믿는다. 그러니 "웃어라, 그러면 세상
도 그대와 함께 웃으리라."*

---

*   Ella Wheeler Wilcox, Poems of Passion, (Chicago: Belford-Clarke Co.,1883)
미상.

겨울을 따뜻하게 보내는 방법

　　바람 끝이 제법 차가워졌다. 짧은 가을이 바람처럼 지나가면 곧 겨울이 찾아올 것이다. 쓸쓸하고 혹독한 계절을 견디어 낼 힘이 필요하다. 뜨개질을 시작한 것도 그 때문이었다. 지금 내가 뜨고 있는 털모자는 아프리카 우간다 등의 신생아들에게 보내질 것이다. 한 아기의 생명을 구할 수 있다는 거창한 명분이 걸린 일이지만 사실 나 자신을 위한 일이다.

　　세이브더칠드런에 의하면 세계적으로 200만 명의 신생아들이 태어난 날 죽는다고 한다. 그뿐만이 아니다. 400만 명의 신생아가 태어난 지 한 달 안에, 보고 싶었을 엄마의 얼굴도 제대로 보지 못한 채 죽는다. 그런데 털모자 하나만 씌워주면 체온이 2

도 정도 올라가 저체온증으로 죽어가는 아기의 생명을 살릴 수 있다는 사실을 모르는 사람이 많다.

아프리카같이 더운 나라에서 웬 털모자를 씌우냐 의아해하겠지만 오히려 일교차가 커서 체온을 보호하고 유지하는 일이 중요하단다. 그렇게만 해 주어도 사망률을 70%까지 줄일 수 있다니 털모자 하나의 사랑이 놀랍다. 신생아 모자 뜨기 캠페인은 전 세계적으로 진행되고 있는데 우리나라에서는 2007년부터 시작되어 매년 많은 사람이 동참하고 있다. 올해 내가 참여한 캠페인에서 만들어진 모자들은 내년 봄에 우간다와 타지키스탄으로 보낸다고 한다.

겨우내 털실 뜨기를 하시던 어머니의 영향인지 우리 자매들은 뜨개질을 좋아했다. 노련한 언니들 실력에는 어림도 없지만 나도 어깨너머 배운 솜씨로 모자나 목도리 정도는 뜰 수 있었기에 캠페인 소식에 솔깃했다. 더구나 신생아의 생명을 지킨다는 데 마음이 쏠렸고 추운 겨울을 따뜻하게 보내는 방법이란 생각에 몇 해 동안 쭉 참여했다.

공장에서 기계로 짜는 모자보다 모양은 어설프다. 하지만 모두 공감할 것이다. 손끝에서 빚어지는 정성이라는 에너지가 얼마나 큰 힘을 발휘하는지. 고열로 앓아누웠을 때 어머니가 끓여주신 미음 한 그릇으로 우리는 기운을 차리고 다시 일어난다. 마음이 어수선하고 우울할 때 사랑하는 사람이 내미는 차 한 잔에 온기를 되찾는다. 그 속에 담긴 마음과 정성이 함께 전해지기 때문이다.

김남주 시인의 시 <사랑 1>에서는 사랑만이 겨울을 이기고 봄을 기다릴 줄 알며, 추수가 끝난 들에서 인간의 사랑만이 사과 하나를 둘로 쪼개 나눠 가질 줄 안다고 했다. 힘든 시절을 이겨 내는 유일한 방법은 사랑이며, 사과 하나를 나눠 먹게 하는 힘도 사랑이라 노래한다. 그리고 나눠 가진 사과 하나를 얻기 위해 불모의 땅을 갈아엎고 제 뼈를 갈아 재로 뿌리는 희생을 하게 하는 것도, 봄의 언덕에 나무 한 그루를 심는 희망을 품게 하는 것도 모두 사랑만이 할 수 있는 일이라 했다. 사랑의 힘이 너무도 선명하다.

올해도 나는 열여섯 번째 모자를 뜨고 있다. 한 올 한 올 내 나름대로 정성을 들여 색색깔 털실을 섞어가며 멋도 내고 방울도 만들어 달았다. 신생아를 위한 모자이니 부드럽고 보풀이 생기지 않는 실을 사용하고, 머리 사이즈를 생각해서 둘레 35센티미터, 깊이 14센티미터를 지키려고 한다. 모자를 뜨는 동안 손끝에 느껴지는 털실의 부드러움과 따스함이 온몸으로 전해온다. 그러면 우울도 잡념도 사라지고 마음이 평안해진다. 세상 건너편 어디쯤 엄마의 품에서 쌔근쌔근 잠들어 있을 아기의 숨소리가 들린다.

마음 아픈 아이들이 피운 꽃

       학교 화단 한쪽에 마음이 아픈 아이들과 친한 친구들이 함께 가꾸는 작은 꽃밭이 있다. 아이들의 즐거운 학교생활을 돕기 위해 특별히 애쓰시는 선생님 한 분이 계시는데 그분의 수고로움이 보태져 점심시간이면 아이들이 모여 물을 주고 풀을 뽑으며 사랑을 쏟고 있었다. 조금이라도 아이들을 행복하게 하려고 따가운 햇살을 온 얼굴로 받아내고 있는 선생님은 장갑 낀 손도, 미소 머금은 입도 쉴 틈이 없어 보였다.

"얘들아, 여기 새로 올라온 싹 좀 볼래? 루꼴라 수확하면 우리 토스트에 올려 먹을까?"

선생님께 어울릴 만한 귀여운 밀짚모자 하나를 선물해 드렸더니 나를 향해 챙을 살짝 올리며 행복한 표정을 지어 보였다. 그녀의 예쁜 마음에 대한 경의와 돕지 못하는 미안함을 밀짚모자 하나로 대신했고, 그녀는 뜻하지 않은 내 선물에 대한 고마운 마음을 미소로 에낀 셈이다.

아이들의 꽃밭은 다채로웠다. 봉숭아 꽃들이 하루하루 빨간 꽃망울을 다투어 터뜨렸다. 무슨 까닭인지 꽃을 피우지도, 열매를 맺지도 못한 수선화와 딸기는 내년을 기약해야 할 듯했다. 그 옆에 루꼴라는 힘차게 흙을 밀고 올라와 파릇파릇 자라고 있었다. 얼굴을 아직 땅속에 묻고 있는 꽃무릇과 함께 가을을 기약하는 국화도 있었다.

국화는 화단에서 제일 큰 키를 자랑하며 무더기로 짙푸르게 자라고 있었다. 그런데 맨 앞쪽에 있는 두 포기는 겨우 한 뼘쯤 자라 다른 국화들에 비해 아기 같았다. 며칠 뒤에 지나다 보니 누가 꽂아준 것인지 노란색의 식물 영양제가 두 국화 포기에만 꽂혀있었다. 한날한시에 심은 국화 모종 중에서 유난히 잘 자라지 못하는 두 포기에 머문 마음을 짐작할 수 있었다.

담당 선생님의 말씀을 들으니 아이들이 식물을 가꾸면서 자기 마음도 어루만지기를 바라며 시작한 일이라 하셨다. 아이들마다 담당하는 식물을 정했더니 더 애정을 갖고 눈길을 주며 정성껏 가꾼단다. 가장 약한 국화 두 포기를 맡은 친구는 여러 차례 자신의 몸에 상처를 낸 아이였다고 조심스럽게 말씀해 주셨다. 같은 날 심었는데도 쑥쑥 자라지 못하는 국화를 돌보는 아이는 자신이 맡은 국화를 보며 어떤 생각을 할까. 더디고 힘겹게 자라는 국화가 마치 자기 같다고 느껴지지는 않을까. 안쓰러운 마음에 힘을 보태고 싶어 영양제를 꽂은 것도 혹시 그 아이가 아니었을까 생각해 보았다.

어쩌면 그동안 자신을 보잘것없다고 생각했더라도, 돌보아야 하는 여린 생명이 있다는 사실이 아이에게 살아갈 힘이 되었으면 좋겠다. 국화를 돌보며 아이도 자신이 얼마나 소중한 존재인지를 깨달아 더 굳세고 꿋꿋하게 자라기를 바란다. 매일 물을 주며 '나도 힘을 낼 테니 너도 씩씩하게 자라 줘.' 하고 속삭였으면.

화단을 오가는 길에 괜스레 마음이 쓰여 맨 앞줄 국화를 힐끔거렸다. 주먹을 불끈 쥐어 보이며 주문을 외듯 마음으로 외쳐 보았다. '천천히 자라도 괜찮아. 잘하고 있어.' 가을에 노란 국화꽃을 마주한 아이의 미소를 꼭 보고 싶었다.

여름 불볕이 식어가고 드디어 국화의 계절이 왔다. 그 사이 아이들은 빵 위에 치즈와 햄을 얹고 수확한 루꼴라를 앙증스럽게 올린 오픈 토스트를 만들어 친구들과 선생님들께 행복한 시간을 선사했다. 어느덧 짙푸른 국화 잎사귀 사이로 노란 꽃망울이 터지기 시작했다. 놀랍게도 영양제 효과인지 아이의 정성 덕분인

지 앞쪽 아기 국화에도 노란 꽃망울 몇 개가 맺혔다. 그날은 만나는 사람마다

"중앙현관 옆 화단에 국화꽃 피려는 거 보셨어요?"

하며 호들갑을 떨었다. 호들갑의 이유를 일일이 설명할 수는 없었지만 작은 꽃망울이 너무 기특하고 대견했다. 아이의 소감을 물어보지는 않지만 충분히 짐작할 수 있었다. 그 뒤로도 아이는 여유로운 표정으로 묵묵히 물을 주며 화단을 돌봤다. 그렇게 한결같을 수 있는 것은, 봄부터 가을까지 화단의 식물들이 온몸으로 들려주는 희망의 소리를 듣고 있었기 때문일 거라고 헤아려 본다. 그리고 그 희망의 메시지를 상상해 본다.

'함께 기다려 줘서 고마워. 저기 있는 봉숭아가 꽃을 피울 때 나는 좀 더 기다려야 했어. 내가 꽃피는 시기는 따로 있었거든. 나는 벚꽃의 분홍색도, 봉숭아의 선홍색도 부럽지 않아. 나는 내가 피우는 노란 꽃이 제일 좋아. 그러니 너도 너만의 빛깔로 꽃 피울 너의 계절을 기다려 봐. 천천히 자라도 괜찮으니까.'

결국 사랑이 우리를 살게 한다   223

메주자 이야기

    귀한 선물을 받았다. 히브리어로 문설주라는 의미의
'메주자(Mezuzah)'인데 그것도 쉽게 살 수 있는 흔한 것이 아니
라 오래된 성당 바닥 쪽마루로 직접 만든 귀한 것이었다. 넷째
언니 집에 갔다가 메주자를 처음 보고 한눈에 반해 버렸다. 그
앞에 서서 한참을 바라보고 있었더니 내 마음을 눈치챈 형부가
고맙게도 하나를 더 구해 주었다. 어린 시절 평화성당 마당을 휘
저으며 살았다는 형부의 인맥 덕분이다.

    마룻장 메주자가 탄생한 사연은 이러하다. 경북 김천에 평화
성당이라는 오래된 성당이 있는데 나왕으로 된 마룻바닥을 뜯어
내고, 신발을 신고 출입할 수 있도록 교체하는 공사를 하게 되었

다. 그런데 프란치스코 사베리오라는 세례명을 가진 분께서 그 마룻바닥이 그냥 버려지는 게 아쉬워 그것으로 문패인 '메주자'를 만들게 되었다고 한다. '하늘을 공경하고 사람을 사랑하라'는 의미의 경천애인(敬天愛人) 네 글자를 하나하나 수작업으로 서각(書閣)한 메주자 1,000여 개를 만들어 그해 성탄절에 사람들에게 하나씩 나눠 주었다고 한다.

소식을 듣고 관련 글을 찾아 읽어보니 작업 공정이 단순하지 않았다. 50년 넘게 사람들의 발길이 닿은 마룻장을 22cm 정도로 잘라 사포질로 면을 고르게 깎아낸 후, 래커 칠을 하고 잘 마르기를 기다린다. 그 위에 한자로 '敬天愛人'이 적힌 채본을 붙이고 작은 망치와 칼로 조심조심 서각을 한다. 남은 종이는 물에 불려 뜯어내고 글자를 파낸 자리에 채색을 한다. 과정 하나하나에 온 정성을 다 쏟아 넣는 일이다. 문패의 옆면 아랫부분에는 작은 구멍을 뚫어 주었는데 성경 구절이 적힌 작은 두루마리를 넣는 곳이다. 마지막으로 한 번 더 전체 도색을 하고 고리를 달면 하나의 메주자가 완성된다.

성경에 메주자가 처음 등장하는 곳은 이스라엘 백성이 모세와 함께 이집트를 탈출하는 부분이다. 문설주에 어린양의 피를 발라 하늘이 내린 재앙을 피할 수 있었던 이야기에서 유래한 것인데, 이것이 전통이 되어 지금도 이스라엘에서는 집은 물론이고 사무실이나 호텔 방문까지도 메주자를 붙여 두고 있다. 하늘의 뜻을 기억하라는 명령이며 그 뜻을 잊지 않고 살겠다는 다짐으로, 문의 오른쪽 위에 붙여 놓고 출입할 때마다 그 말의 의미를 되새긴다.

선물을 전해 받고, 온 가족이 귀가하기를 기다려 함께 설레는 마음으로 포장을 뜯었다. 50여 년 동안 시골 작은 성당 바닥에 어르신들이 꿇어앉아 신께 감사드리며 마음에 품은 청원을 꺼내 놓았을 마룻장, 그에 스며든 사람들의 눈물과 마음을 생각하니 괜스레 울컥하여 잠시 말을 잊었다. 작은 구멍에 들어있는 새끼손가락만 한 두루마리를 꺼내 채원이가 소리 내 읽었다.

"네 마음을 다하고 네 목숨을 다하고 네 정성을 다하여 주 너의 하느님을 사랑해야 한다... 네 이웃을 너 자신처럼 사랑해야 한다."

앞면에 크게 새겨진 '경천애인'에 대한 성경 말씀이다. '경천애인'은 성경뿐 아니라 불교, 유교 사상에서도 강조되는 말이다. '경천', 하늘을 공경하라 혹은 하늘의 뜻을 기억하라는 의미는 바른 이치에 따라 인간으로서의 도리를 지키며 살라는 가르침으로 해석될 수 있다. 또 '애인', 사람을 사랑하라는 것은 다른 사람을 아끼고 소중하게 여기라는 것이니 불교에서 전하는 자비나 공자의 인(仁)과도 상통하는 말이다. 사랑을 가르치지 않는 종교는 없다. 특히 불교의 기본 가르침인 자비(慈悲)의 자(慈)에는 함께 기뻐한다는 의미가, 비(悲)에는 함께 슬퍼한다는 의미가 담겨 있다고 한다. 따뜻하고 아름다운 가르침이다. 인간의 도리를 지키고 사랑을 베푸는 것, 어쩌면 세월이 흐르고 세상이 아무리 바뀌어도 꼭 지켜야 할 가치가 아닐까.

"오늘 내가 너희에게 명령하는 이 말을 마음에 새겨 두어라. 너희는 집에 앉아 있을 때나 길을 갈 때나, 누워 있을 때나 일어나 있을 때나, 이 말을 너희 자녀에게 거듭 들려주고 일러 주어라."

메주자 두루마리에 깨알같이 적힌 내용을 채원이가 마저 읽었다. 마침 그날 채원이가 독거노인 반찬 배달 봉사를 다녀온 일이 생각나서 말을 보태고 싶었다. 운전을 시작하고부터 더 열심히 하는 봉사 활동이라 기특하게 생각하던 참이었다.

"일하고 공부하는 틈틈이 네가 하고 있는 작은 나눔이 경천애인을 실천하는 거라고 엄마는 생각해. 외로우신 어르신들께 다정하게 안부 여쭙는 것, 그게 바로 사랑이야."

선물로 받은 메주자 덕분에 의미 있는 시간을 보낼 수 있었다.
성당 마룻장이었던 나왕은 원래 서각 용도로 쓰기는 어렵다고
한다. 결이 있어서 조금만 힘 조절을 잘못해도 찢어지기 때문이
다. 꼼꼼하게 수작업으로 천 번 넘게 새겨 넣었을 경천애인에 담
긴 깊은 믿음과 열정이 존경스럽다. 작은 칼끝으로 새겨 넣은 그
말의 의미를 내 마음에도 정성껏 새겨 넣는다.

마음을 다하고 정성을 다하여 사랑하고 또 사랑하라.

지상의 순례자 되어

코로나19 대유행으로 전 세계가 혼란에 빠지기 1년 전, 남편과 둘이 한 달간 유럽 배낭여행을 다녀왔다. 계획을 일년만 미루었더라면 영영 실행에 옮기기 어려웠을 것이다. 교사인 나는 방학이 있어 시간 내기가 어렵지 않지만 조그맣게 자영업을 하는 남편은 한 달을 비우기 위해 거래처에 양해를 구해야했고, 주위 사람들의 손발을 빌려야 하는 미안함과 수고로움도 적지 않았다. 친구들은 30년 가까이 산 부부가 단둘이 장기 여행을 가면, 출국은 같은 비행기로 해도 귀국하는 비행기는 따로 타게 될 거라며 우스갯소리를 했다.

유럽 지도를 펴놓고 꼭 가고 싶은 여행지를 각자 제안하기로 했다. 나는 프랑스 파리와 남프랑스에 있는 도시 한두 곳, 그리고 몇 해 전에 두 딸아이와 갔던 체코의 프라하를 한 번 더 가고 싶다고 했다. 남편은 딱 하나, 로마에서 5일 이상 머물기만을 원했다. 결국 내가 원하던 파리로 들어가서 바르셀로나를 거쳐 남프랑스의 님과 아를을 여행하고 인터라켄과 취리히, 뮌헨 그리고 기차를 타고 프라하로, 욕심을 부려 베네치아와 피렌체를 찍고 마지막 여행지는 남편이 원했던 로마에서 5일을 보낸 뒤 귀국하기로 코스를 정했다.

남편도 나도 원하는 여행지가 모두 반영된 만족스러운 계획이었다. 딸아이들과 갔던 유럽 여행에서 가 보지 못했던 파리를 시작으로, 프랑스 소설가 알퐁스 도데의 고향인 님, 고흐가 사랑했던 아를에서의 2박 3일도 흡족했다. 남편은 로마에서의 다섯 밤으로 나머지 20여 일의 여행 일정에 대해서는 한 마디 불만도 없었고 여행은 계획대로 순조로웠다. 친구들의 예언은 빗나가, 우리 둘은 한 번의 다툼도 없이 다정히 한 비행기 옆자리에 앉아 귀국했다.

여행에서도 주로 성당을 찾아다녔고 가는 곳마다 미사에 최대한 참례하려고 노력했는데 평소에 드리는 기도나 미사와는 좀 다른 느낌을 받았다. 그곳에 얽힌 성인(聖人)들의 신앙 이야기와 유해(遺骸), 다양한 십자가상과 성화(聖畵)들이 전해 주는 보이지 않는 힘 때문일까.

여행을 다녀온 후 우리는 순례자가 되어 보기로 했다. 순례(巡禮)는 단순하게는 여러 곳을 찾아다니는 것을 의미하지만, 일반적으로는 종교적인 의미가 있는 곳을 찾아가 참배하는 것을 말한다. 종교마다 장소는 다르지만 거의 모든 종교가 성지 순례에 특별한 의미를 부여한다. 이슬람교는 순례를 종교적 의무로 정하기도 하고, 가톨릭은 성지와 순례지를 해마다 보완해 안내 책자를 제작하기도 한다.

오전 10시에 들어간 파리 노트르담 대성당에서 오후 3시를 넘길 정도로 남편은 성당에서 보내는 시간을 즐겼고, 바르셀로나에서도 카탈루냐어로 드리는 미사에서 씩씩하게 우리말로 주기도문을 드리고 옆 사람들과 평화의 기도를 나누며 행복해했다.

마지막 여행지인 로마에서는 관광객들이 줄을 선다는 '진실의 입'은 구경도 못하고 5일간 바티칸과 그 주위를 맴돌며 보냈고, 집으로 돌아오는 날에도 산타 마리아 마조레 대성당에서 미사 드리는 것으로 여행을 마무리했다. 그것 역시 이번 여행의 유일한 길벗인 남편 가브리엘의 희망사항이었기 때문이다.

우리는 성지 순례 책자를 사서 시간이 날 때마다, 혹은 시간을 만들어서라도 함께 순례를 떠나고 있다. 솔직히 여행을 좋아하는 나로서는 어디론가 떠나는 것이 마냥 좋아 처음에는 그냥 따라다녔다. 그러다 나중에는 칭찬 도장을 찍어가며 선물 받을 날을 기다리는 아이처럼 순례지마다 특징이 있는 순례 도장을 찍는 재미가 생겨 더 열심히 따라다녔다.

그런데 시간이 지나면 지날수록 마음이 묘하게 달라지기 시작했다. 우리가 찾는 곳은 선조들이 신앙을 지키기 위해 목숨을 바친 순교지거나 그분들의 무덤이 있는 곳 등 특별한 의미가 있는 장소이기에 그냥 이야기로 듣거나 책으로 읽을 때와는 다른 느낌이었다. 아마 그분들의 삶과 영성이 그대로 살아있는 현장이기 때문일 것이다.

열흘 전에 다녀온 충남 서산 '해미순교성지'는 이름이 기록된 순교자만도 132명에 이르는 순교지인데 이름 모를 순교자들까지 감안하면 1,000명 이상이 처형된 곳으로 알려져 있다. 늘어나는 신자들을 감당하지 못해 한꺼번에 처형한 생매장터와 신자들을 묶어 수장(水葬)시킨 물웅덩이 앞에서는 가슴이 먹먹해 아무 말도 할 수가 없었다.

무명(無名)의 순교자들 중에는 어쩌면 미처 세례도 받지 못한 예비자도 있었을 테고, 까막눈이라 성경 한 줄 변변히 읽어내지 못하는 이도 있었을 테고, 더없이 귀했을 작은 십자가 하나 가슴에 품어보지 못한 이도 있었을 테지만 그들에게 '예수'는 목숨보다 귀한 이름이었다. 한 걸음 한 걸음 발끝으로 천천히 순교자들의 삶과 신앙을 배워 가며 앞으로도 이 순례를 이어가려 한다.

5년째인 우리의 순례길은 아직 멀었다. 지상에서 삶의 순례가 끝날 때까지 계속될 것이다. 옛 가요의 노랫말처럼 인생을 흔히 나그넷길이라 말한다. 우리는 인생길을 여행처럼 혹은 순례처럼 두려움과 기대를 안고 한 발 한 발 내딛는다. 각자의 여정을 손에 쥐고 오르막과 내리막, 햇살과 바람을 순리처럼 받아들이며 길을 걷는다. 누가 대신 걸어줄 수도, 중간에 그만둘 수도 없는 삶의 순례길, 그 길 어딘가에 선 오늘도 같은 기도로 지친 몸을 뉘인다.

"이 세상에 살면서도 늘 영원을 향해 나아가는 지상의 나그네로서… 믿음과 희망을 지니게 하시고, 이 순례의 끝에 기쁜 마음으로 사랑의 잔치에 참여하게 하소서. 아멘."

결국 사랑이 우리를 살게 한다

Epilogue

십여 년 전부터 시작된 병마와의 싸움은 지루할 만큼 끝이 보이지 않는다. 병명도 원인도 모른 채 검사에 검사가 이어졌다. 그렇게 두 달 만에 밝혀진 병명에 이제는 살았구나, 싶었는데 이기려고 하지 말고 평생 친구라고 생각하며 지내라는 말에 다시 절망했다. 원인은 알 수 없지만 내 몸을 지켜야 할 백혈구가 오히려 내 몸을 적으로 인식하여 공격하고 있다는 말을 처음 들었을 때는 충격이었다.

한 달에 한 번, 두 달에 한 번씩 서울에 있는 병원을 다녔다. 무리하지만 않으면 그냥 이렇게는 살 수 있단다. 죽을병은 아니라는 것에 위로를 삼긴 했지만 가끔씩 찾아오는 미칠 듯한 통증은 견디기 힘들었다. 한의학에서는 호랑이에게 물려가는 고통이라고도 표현한다는데, 뺨에 흐르는 눈물을 손으로 닦을 수 없을 정도의 통증이 몰려올 때는 삶이 이대로 끝인가 싶기도 했다. 봄에 시작된 투병 생활은 가을부터 항암제를 일부 추가한 탓인지 머리카락도 더 빠지는 것 같고, 눈도 침침해지는 것 같았다. 겨울이 빨리 끝나고 봄이 오기만을 기다렸다.

평생 지녀야 할 병 때문인지 죽음에 대한 글을 여러 편 쓰게 되었다. 누구에게나 한 번은 반드시 찾아오게 되는 그 순간을 잘 맞이하고 싶다고 생각하게 된 것도 그 때문이다. 백혈병으로 오래 투병하시던 어머니의 마지막 모습, 치매로 가족조차 알아보지 못한 채 돌아가신 아버지, 두 분만큼이나 그 모습을 지켜보는 가족들도 고통스러웠다.

오륙 년 전에 남편과 사전 연명 의료 의향서를 작성하였다. 혼자 마음의 결정을 하고, 관련 기관을 방문하기 전에 남편에게는 이야기하는 게 좋겠다 싶어 얘기를 건넸더니 삶의 마지막 순간까지 손잡고 갈 동반자이니 같이하자며 선뜻 동참해 주었다. 안내에 따라 설명을 듣고 함께 사인을 했다. 의사의 판단에 더 이상 회생 가능성이 없는 연명 치료 -심폐 소생술이나 인공호흡기 착용, 혈액 투석 등을 하지 않겠다는 뜻을 밝혔다. 사후 각막과 장기 기증, 인체 조직 기증에도 동의했다.

여러 날 뒤에 사전 연명 의료 의향서 등록증과 함께 운전면허증에 붙이는 하트 세 개가 도착했다. 세 가지 종류의 신체 기증 의사를 표시한 것이다. 다음에 면허증을 재발급 받을 때는 함께 기록되어 발급된다고 한다. 만약 나에게 예기치 못한 일이 생긴다면 남겨진 두 딸아이가 어려운 결정을 내리지 않아도 되게 하고 싶었다. 또 나의 마지막이 누군가의 남은 삶에 작은 보탬이 된다면 이 또한 기쁨이 아닐까 하는 생각도 들었다.

올여름은 여느 해보다 별스러웠다. 역대급 폭염에 이어 이례적인 가을 폭염까지 이어지며 사그라지지 않는 더위에 모두 지쳤다. 나의 여름도 고단했다. 다시 건강에 적신호가 켜져 얼마간의 입원 치료를 했지만 징후가 좋지 않아 학교를 당분간 쉬기로 했다. 몸보다 더 마음이 가라앉아 우울하고 힘든 나날이었다.

가방을 꾸려 소나무가 우거진 깊은 숲속 마을로 들어가 두 달을 지냈다. 바람 부는 솔숲 길을 걸으면 옹이 하나 남길 때마다 한 마디씩 자랐을 소나무가 솔가지와 솔방울을 발아래 그득히 덮은 채 결연히 서 있었다. 바람은 나무 끝에만 머물러, 제일 높은 가지 끝이 흔들리고 있었다. 바람에 몸을 맡기고 흔들리는 것처럼 보이지만 나무는 지금 치열하게 바람에 맞서 버티고 있는 것인지도 모르겠다. 그렇게라도 흔들리지 않으면 가지째 꺾일 수 있으니 그 부대낌은 나름의 최선일 것이다.

또 한 차례의 큰비와 거센 바람이 내 곁을 지나갔다. 마음도 젖고 몸도 흔들렸다. 하지만 뿌리를 땅속에 박고 서서 송두리째 흔들리지만 않는다면 옹이 하나 더 생기고 잎새 하나쯤 떨어뜨린들 뭐 대수일까.

누구나 한 번씩 비바람을 만나듯 나 역시 그러했고 사랑과 감사의 힘으로 그 시간을 버텨냈다. 닫힌 문 앞에서 절망하던 내게 헬렌 켈러의 말처럼 다른 쪽 문이 열렸다. 찬찬히 몸과 마음을 돌아보며 보살폈다. 고요함 속에 평화가 보였고 그 평화에 대한 감사의 마음이 생겼다. 매일 아침 내 머리에 두 손을 얹고 기도해 주시는 신부님의 손길과 정성을 다해 건강한 밥상을 차려 주시는 분들의 마음을 받으며, 다시 한번 내가 받은 사랑과 나누어야 할 사랑에 대해 생각했다.

성경 구절처럼 사랑은 모든 것을 덮어 주고 모든 것을 믿으며 모든 것을 바라고 모든 것을 견딘다. 하여 사랑은 언제까지나 스러지지 않는다. 우리 삶을 이어가게 하는 힘, 그것은 믿음과 희망, 그리고 결국은 사랑이다.

사랑은 사랑을 부른다

초판 1쇄 발행 2024년 12 월 27일

저자 조남선

펴낸이 김영근

편집 최승희, 한주희

마케팅 최승희, 한주희

펴낸곳 마음 연결

주소 경기도 수원시 팔달구 인계로 120 스마트타워 1318

이메일 nousandmind@gmail.com

출판사 등록번호 251002021000003

ISBN 979-11-93471-33-3

값 16000